インドネシア現代文学選集 1

ディー・レスタリ短編集

1995-2005

珈琲の哲学

監訳　福武慎太郎
訳　西野恵子　加藤ひろあき

DEE
FILOSOFI KOPI
KUMPULAN CERITA DAN
PROSA SATU DEKADE
1995-2005

上智大学出版
Sophia University Press

ディー・レスタリ短編集　1995-2005

珈琲の哲学

〈目　次〉

解説

解　説

インドネシア現代文学のなかのディー・レスタリ

福武　慎太郎

ディー・レスタリについて

本作『珈琲の哲学』は、インドネシア現代文学を代表する作家ディー・レスタリ（Dee Lestari）の短編集、*Filosofi Kopi: Kumpulan Cerita dan Prosa Satu Dekade* の全訳である。

ディー・レスタリ（本名：Dewi Lestari Simangunsong）は一九七六年一月二〇日、ジャワのバンドゥンで、五人兄妹の四番目の娘として生まれた。父親の影響で音楽に興味を持ち、学生の頃から音楽活動をはじめ、一九九五年にリダ・シタ・デヴィ（Rida Sita Dewi: RSD）という女性三人のバンドでデビューした。

彼女が小説家としてデビューしたのは二〇〇一年、『スーパーノバ：騎士と王女と流星』

(*Supernova: Kesatria, Puteri dan Bintang Jatuh*／未邦訳)という長編小説によってである。同作は最初の三五日間で一万二千部の販売を記録しベストセラーとなった。二〇〇二年三月には英訳も出版され、『スーパーノバ』シリーズはその後、二〇一六年に出版された完結作にいたるまで計六部作となっている(*Supernova 2: Akar* [2002], *Supernova 3: Petir* [2004], *Supernova 4: Partikel* [2012], *Supernova 5: Gelombang* [2014], *Supernova 6: Inteligensi Embun Pagi* [2016]／いずれも未邦訳)。

『珈琲の哲学』は二〇〇六年に出版された彼女の最初の短編小説集である。同短編集は、『スーパーノバ』で小説家として鮮烈デビューをかざる以前、学生時代から書きためてきたものを中心に、十八の短編および散文から構成されている。これらの作品の多くは、不倫や同性愛、友人への恋愛感情など、さまざまな境遇における恋愛の葛藤について描かれたものが中心となっている。心のすれ違い、倫理的葛藤などの痛みをめぐって展開するプロットは、文化をこえてみられる普遍的テーマである。しかしイスラームを中心とした宗教的規範が、制度的にも社会的にも影響力のあるインドネシア社会で展開する物語であることを考えると、登場人物が経験している痛みや克服すべき課題が、インドネシア特有の問題としてみえてくる。他方で、彼女のウィットに富んだ表現と文体が、物語に適度な重みを残しつつ軽快に読ませてくれる。また『スーパーノバ』以後にみられる彼女の精神世界への探求、独自の宗教観が、これらの短編においても垣間見ることができ、現代インドネシア文学を代表する女流作家の魅力が随所に感じられる短編集といえよう。

〝ロード・ノベル〟としての「珈琲の哲学」

こうした彼女の一連の短編のなかで、表題作「珈琲の哲学」は、やや異色かもしれない。本作には恋愛の要素は存在しない。コーヒーショップを経営する男二人の、真のコーヒーを追い求める探求と友情の物語である。本作は作家としてデビュー前、大学在学中の一九九六年に執筆されている。それから十数年の歳月を経て、同作は二〇一五年に映画化され、インドネシアで大ヒットを記録した。第二九回東京国際映画祭にも出品され、『珈琲哲學―恋と人生の味わい方』（二〇一六）というタイトルで上映され好評を博している。

映画のヒットの背景には近年のコーヒー・ブームも少なからず影響しているといえるだろう。サード・ウェイブといわれた、ブルーボトル・コーヒーに代表される新しいコーヒー・

ブームは、日本だけでなく、コーヒー豆の輸出大国であるインドネシアの主要都市部の消費文化にも影響を与えている。表題作にも登場するが、従来のインドネシア式のコーヒーは、細かく挽いたコーヒーの粉末を直接ガラスのコップに入れ、そこに砂糖とお湯を注ぎ、かき混ぜ、粉が沈殿するのを待ってから上澄みをすするように飲むというものだ。しかし近年、首都のジャカルタや学生の町ジョグジャカルタなど都市部では、ブルーボトルスタイルのカフェが登場し、ハンドドリップやサイフォンで、インドネシア国内の特定農園のコーヒーを提供するようになった。映画『珈琲哲學〜』に登場するカフェも、そうしたコーヒー・ブームに重なり合うように、実際に数店舗展開し、人気を集めている。

二〇年以上前に書かれた作品であるにもかかわらず、コーヒー・ブームの影響もあるかもしれないが、今読んでも古さを感じさせない。コーヒーの探求者ベンと、彼を支える経営者ジョディが、真のコーヒーを求めて地方の老人を訪ねるという展開は、いわゆる〝ロード・ノベル〟の形式とみることができる。最終的にベンとジョディの旅がたどりつく「最高のコーヒー」とは、そのビーンズの希少性や焙煎技術によってもたらされるものではなく、〝人間愛〟という帰結、それこそがこの短編を、時代をこえて人々の心を捉えてやまない作品としている点なのかもしれない。

インドネシア現代文学のなかのディー・レスタリ

インドネシア現代文学については、これまでも多くの作品が日本語訳で出版されている。なかでも最も著名な作家はプラムディヤ・アナンタ・トゥール（Pramoedya Ananta Toer, 1925–2006）であり、その代表作である『人間の大地』シリーズ（『人間の大地（*Bumi Manusia*）』『すべての民族の子（*Anak Semua Bangsa*）』『足跡（*Jejak Langkah*）』『ガラスの家（*Rumah Kaca*）』、すべて押川典昭訳、めこん）だろう。『人間の大地』シリーズは、オランダによる植民地下に生きるジャワ人青年が、様々な出来事に翻弄されながら、インドネシアの独立を希求するナショナリストとして成長していく姿を壮大なスケールで描いた大河小説である。当時プラムディヤが政治犯として拘禁中に執筆したとされる同作品は、軍事独裁政権下にあった当時のインドネシアにおいて、その影響力を懸念され、一九九〇年代末まで発禁処分となった。

文学は社会を照らし出す鏡であり、その時代の政治や社会状況を風刺し、批判する力を持つ。オランダ植民地時代を描く同作品が、間接的には独立後のインドネシアの軍事独裁政権を批判するものと多くの読者が受け取ったことは想像に難くない。軍事独裁政権の末期である一九九〇年代末にベストセラーとなったアユ・ウタミの『サマン』(*Saman*, 1998/竹下愛訳、木犀社)もまた、複数の若者の視点から性と恋愛というタブーを描いていること、プラムディヤの『人間の大地』と同様に、物語のテンポの良さ、ドライブ感が印象的なこの作品もまた、軍事独裁政権下の開発という暴力に対する批判が背景に描かれる。

これまで英語や日本語訳を通じて海外に紹介されてきたインドネシアの二〇世紀文学は、『人間の大地』や『サマン』に代表されるように、当時の政治社会批判も題材としたものが顕著であった。また小説自体が現在ほど売れることはなく、二万部売れたら大ベストセラーといわれる時代でもあった。多くの小説はコピーされ、実際には売り上げの販売部数の何倍もの人々が読んでいるといわれていた(インドネシアではコピー屋があふれ、著作権もあったものではないが、表紙まで綺麗にコピーし一冊の本のように仕上げてくれる)。

これに対し、二〇〇〇年代以降のインドネシア現代文学は、民主化後の経済発展により、より多くの読者を獲得していると思われる。そして扱われる主題も、個人の内面に向かうもの、人生における価値、宗教や倫理的葛藤をテーマとするものが増えている。民主化後の大衆文学の潮流について野中は、民主化後のインドネシアにおいて、家族愛や同胞愛、誠実さや勤勉さなど、普遍的ともいえるイスラーム的価値を伝える「イスラーム的小説」が広まっていることを指摘している。二〇〇〇年代にベストセラーとなったイスラーム的小説の代表例として、カイロに留学したインドネシア人の恋愛を描くハビブルラフマン『愛の章句』(*Ayat Ayat Cinta*, 2004／未邦訳)、イスラーム的教育を実践する小学校を舞台に少年少女たちの活躍と友情を描いたアンドレア・ヒラタの『虹の少年たち』(Andrea Hirata, *Laskar Pelangi*, 2005／拙者共訳によりサンマーク出版より二〇一三年に日本語訳刊行)、そしてイスラーム寄宿者学校での少年たちの成長を描いた自伝的小説、アフマッド・フアディ『五つの塔の国』(Ahmad Huadi, *Negeri 5 Menara*, 2009／未邦訳)などがあげられる。こうしたイスラーム的小説の台頭の背景として、教育水準の向上と女子大学生の増加、活発化した大学でのダアワ活動、そして軍事独裁政権崩壊後の民主化の高まりの中で、世俗的な権力と覇権に対する反発とアンチテーゼとしてイスラーム的価値の大衆化が拡大したことを野中は指摘する(野中、二〇一三)。

イスラーム的価値が急速に広まる現代インドネシアにおいて、非ムスリムであるディー・レスタリによる小説が読まれ続けていることはどのように捉えるべきだろうか。ディー・レスタリはキリスト教徒の家庭に生まれ、成人後、自らの意志で仏教に改宗している。その作品も、従来の保守的な宗教的倫理観にとらわれない視点から描かれている。教育水準の向上と女子大学生の増加という点は、ディー・レスタリ作品が広く読まれている背景のひとつといえるかもしれない。大学生と大学で教育を受けた人々が主要な読者層となり、イスラームなど特定の宗教に限定されることなく、個人の宗教的価値、個人の倫理、性、恋愛などについて議論する場が生まれていると受け止めるべきだろう。確かに、宗教的不寛容、宗教に由来するテロリズムは、現代インドネシア社会の深刻な課題となっている。しかし民主化以後のインドネシア現代文学の展開に目を転じてみると、保守的な宗教的規範から自由な、個人の生き方をめぐる価値についての議論が生まれている。現代インドネシア社会を理解する上で、現代文学の潮流に目を向けることも意義があると考える。

＊

翻訳は、西野恵子、加藤ひろあき、福武慎太郎の三名で分担しておこなった。表題作を含む短編六編（「珈琲の哲学」「ヘルマンを探して」「歯ブラシ」「一切れのパウンドケーキ」「ラナの憂い」「チョロのリコ」）を西野が、詩・散文一〇篇（「砂漠の雪」「心の鍵」「あなたが眠るその前に」「時代にかかる橋」「野生の馬」「沈黙」「天気」「赤いろうそく」「スペース」「設計図」）を加藤が、残りの短編二編（「とどかない手紙」「ブッダ・バー」）は福武が担当した。最終的な文体の調整や訳語の統一は監訳者である福武がおこなった。

近年の出版不況のなかで、外国語文学、とりわけアジア文学を出版することは極めて困難な状況となっている。こうした状況のなか、インドネシア現代文学を代表するディー・レスタリの短編集を、上智大学出版から刊行する機会をいただいたことを心より嬉しく思う。本企画を採択してくださった編集委員会、ならびに関係者各位にこの場を借りて熱く御礼申し上げる。そして本作に限らず、多くのインドネシア現代文学が、日本語読者にも読まれる機会が一層増えることを願うばかりである。

参照文献

野中葉

二〇一三「イスラーム的価値の大衆化―書籍と映画に見るイスラーム的小説の台頭」倉沢愛子編著『消費するインドネシア』慶應義塾大学出版会、二六九―二九〇頁。

プラムディヤ・アナンタ・トゥール

一九八六『人間の大地　上・下』押川典昭訳、めこん。

一九八八『すべての民族の子　上・下』押川典昭訳、めこん。

一九九九『足跡』押川典昭訳、めこん。

二〇〇七『ガラスの家』押川典昭訳、めこん。

アユ・ウタミ

二〇〇七『サマン』竹下愛訳、木犀社。

アンドレア・ヒラタ

二〇一三『虹の少年たち』加藤ひろあき、福武慎太郎訳、サンマーク出版。

インターネット記事

国際交流基金アジアセンター特集記事「インドネシアのFilosofi Kopi―映画を軸にした新たな展開」https://jfac.jp/culture/features/f-tiff-filosofi-kopi/（二〇一八年一〇月一日最終閲覧）

珈琲の哲学

Filosofi Kopi [1996]

1.

コーヒー…C・o・f・f・e・e…。程よくローストされた焦げ茶色の豆を見ながら、何千回と唱えてきたこの言葉。ベン…B・e・nをこんなに夢中にさせるコーヒーには、一体どんな魔法があるのだろう。

ベンは、最高のコーヒーを求めて世界各地を巡る旅をした。ローマ、パリ、アムステルダム、ロンドン、ニューヨーク、モスクワに至るまで、各都市のバリスタを訪ね歩いた。

ベンの語学力は最低限のものだったが、頼み込んではキッチンやバーに潜入し、カフェ・ラッテ、カプチーノ、エスプレッソ、ロシアン・コーヒー、アイリッシュ・コーヒー、マキアート…これらを作るのに最適な分量は如何ほどなのか、大物バリスタたちからその秘密を学んだ。この潜入作戦は、ベンが自分のカフェをオープンする準備が整うまで続いた。そう、ベン理想のカフェだ。

一年前、僕は正式に、ベンのビジネスパートナーとなった。友人であるという信頼関係はあったものの、無謀な投資をしたものだと思う。僕はすべての貯蓄をカフェのために投資した。ある程度の資金と経理の知識という資本はあったが、コーヒーについては何も知らなかった。でもベンにとっては、これが全資本だった。

今やベンはジャカルタで最も信頼できるバリスタの一人となったと言っても過言ではない。そしてなにより彼は、自分のキャリアの一秒一秒を楽しんでいる。僕たちのカフェでは、店の奥でコーヒーを作ったりはしない。ベンが豆を挽きドリップするのが客から良く見えるように、店内の中心にカウンターを置いた。カフェを訪れる客の多くは真のコーヒー通で、僕たちが選び抜いたコーヒー・ビーンズのリストを興味深げに眺める。コーヒーのことを深く理解しているからこそ、彼らは心酔しているのだ。

店内の床と壁の一部は、木目の粗いメルバウの木でできている。そしてガラス付のフレームに丁寧におおわれたコーヒーのポスターが、壁のあちこちに飾ってある。天辺には大きなガラス窓があり、オランダ統治時代の理髪店を彷彿させるような字体で、僕たちのカフェの名前が書かれている。

珈琲店　ベン&ジョディ

Kedai Koffie
BEN & JODY

ジョディ…J・o・d・y…。ジョディに会いたければ、レジの前だったり、店の隅で計算機を叩いていたり、そういう地味な場所を探せばいい。一方、軌道の中心ではベンが休むことなくしきりに客と会話している。そしてその両手は、エスプレッソ・マシン、ミル、カウンターに並ぶ大きな缶、カップ、グラスなど、カウンターにあるすべての器具類とともに舞い続ける。

ジャカルタの他のカフェと比べたら、僕たちの店は大きくないし簡素かもしれない。でも随所にこだわりがある。一つとして同じものがないイスとテーブルは、ベンが長い時間をかけて吟味して選んだものだ。コーヒーを飲むという体験とインテリアが調和しているかどうか、ベンはコーヒーを口に含みながら自らの感覚に従ってそれらを選んでいった。グラス、カップ、ブッシュ・ケトル、ポットなどについても同様だ。どの器具もベンの適性試験を通過していないものはない。店内の中心にいるベンは、そうした様々な形のテーブルとイスと、そして客たちに囲まれている。それはまるでショーを鑑賞しているかのようだった。ベンが主催者の、小さくとも親密なコーヒー・パーティーだ。

でもこの空間を本当に特別なものにしているのは、ベンが淹れたコーヒーを飲むという体験だ。ベンは豆を焙煎したり、ブレンドし、味や香りを判断したりするだけではない。彼は自分が生みだしたコーヒーについてさらなる探求を行う。さまざまな豆のブレンドの理論を構築し、その味わい、香りの表現を言語化する。ベンはいわばコーヒーの哲学を探求していた。

「これこそが、僕がこの飲み物を愛する理由です。コーヒーにはたくさんの個性がある」

カウンターに座っている一人の女性客にベンが話しているのが、微かに聞こえた。

「あなたが選んだこのカプチーノのように。このドリンクは、優しさと美しさのどちらも求める人のためのものです」ベンは微笑みながら、カップを差し出した。「カプチーノは、とてもセクシーだと僕は、思っています」

女性は小さく笑った。

「見た目は似ているけど、カフェ・ラテとは違う。カプチーノは、見た目が重要です。いい加減な感じに見えたらいけない。できるだけ美しく見せないと」

「そうなの？」

「真のカプチーノ好きは、カップに口をつける前に、カップそのものや、そのミルクの泡に描かれたデザインなど、その外観を楽しみます。そこに美しさのハーモニーや、コンセプトがないように見えたら、飲む気が失せてしまう」

説明しながら、ベンは慣れた手つきで、ミルクの泡に、綺麗なハートの形を作った。

「トゥブルック*は、どうなの？」客の一人が悪戯に尋ねた。

「気取らず質素だけど、より深く理解してあげれば、僕たちを魅了する」

ベンは即答した。「トゥブルックは外観に気を使わないし、シンプルで用意するにも時間がかからない。特別な技術を必要としないように見える。でも、まずはその香りを楽しんでほしい」

まるでサーカスのピエロのようなしぐさで、ベンは一杯のトゥブルック・コーヒーを差し出した。「どうぞ。これはサービスです」

その客は、困惑した顔でベンが差し出したカップを受け取り、口をつけようとした。

「ちょっと待って！」ベンがそれを止めた。「トゥブルック・コーヒーの良し悪しは、適切な温度と圧力、そして淹れる手順で決まります。あなたがアロマという本当の目的を忘れてしまうとすべてが台無しです。まずは香りを確かめてください。これは、キリマンジャロの高地で栽培された特別なコーヒーなんです」

客は鼻の穴を広げて、カップから立ち上る湯気を深く吸い込んだ。その目は、満足げに輝いた。

その反応を見て、ベンも満足して頷いた。それから瞬時にベンは場所を変え、先ほどと同

［訳注］＊細かく挽いたコーヒーを沈ませて、上澄みを飲む、インドネシアで一般的な飲み方。

じ情熱と敬意をもって他の客に接している。

店を閉め、皆が帰ると、僕たちだけが店内に残る。二人でコーヒーを飲む唯一の時間だ。

「この店を始めて一年以上経つなんて、あっという間だったな」僕の回想は、シナモンの回転と共にくるくると回り、カップのコーヒーの渦に吸い込まれていく。

「多くの人々がここを訪れては去っていった」

まるで何かに驚いたかのように、ベンの声のトーンが突然飛び上がった。「そこから、おれが導き出した結論は何だと思う？」

「大金持ちになれるってことか？」

「それはどうだろう。でも、個性と人生の意味は、すべてここにある」

「このドリンクメニューの中に？」僕は、テーブルに置かれた薄いメニューを指さした。

その通り、とベンは頷いた。

「無数にあるものをどうやってその薄っぺらいメニューに凝縮するのさ？」面白がって、僕はベンをじっと見つめた。「まったくベンって奴は…」

「まったくジョディって奴は…」ベンは僕の真似をして、頭を左右に振った。「このメニューは生きているのさ。だから中身もどんどん増えていく。コーヒー豆というものがこの世に存在する限り、人は誰でもこの中に自分自身を見つけ出すことができるんだ」

ベンは、僕の鼻先にメニューを突きつけた。

お湯が沸騰するように、その表情はフツフツと弾けた。ベンには新たなアイディアが浮かんでいるようだ。しまいにはコーヒー豆で偶像を作り出すのではないかと僕は考えていた。

＊

その夜の会話の後、ベンは僕たちの店を新たなステージへと引き上げた。

ドリンクメニューに、それぞれの豆のブレンドの哲学と味わいや香りに関する説明書きが加えられたのだ。そして、極めつけに、ベンは店名までをも変えた。

珈琲の哲学
FILOSOFI KOPI
あなた自身をみつける店
Temukan Diri Anda di Sini

僕たちの店の名と、それに続くキャッチコピーは評判が良かった。多くの人々が足をとめて看板を見つめ、好奇心のある表情を浮かべて中へ入って来るのを、僕は何度も目にすることになった。まるで預言者のテントに踏み入れるかのように、彼らは期待と不安の入り混じった様子だった。そして、水晶玉を必要とすることなく、僕たちの店の売り上げは飛躍的に伸びていった。

今では、ここに来るのはコーヒー通だけでなく、まるでコーヒーに関心を持ったことがないような人々も来るようになった。彼らは店の看板を見て興味を持った人々で、最終的にはコーヒーを楽しみ始め、足繁く通うようになった。理屈好きの連中も集うようになった。彼らは注文したコーヒーを楽しむ以上に、ベンと議論を交わすことを楽しみにやってきた。そんな彼らももちろん常連客となった。

ベンは、来店した客に配るため、名刺サイズの小さなカードを作った。このカードには、「今日あなたが飲んだコーヒーは…」とあり、続いてその哲学についての説明が書いてあった。それを彼らは幸運を呼ぶラッキーアイテムとして、ポケットや鞄、財布の中へとしまった。僕たちの店がさまざまな愛称で呼ばれているのを耳にすることもあった。

ベンがもたらした進化のおかげで、この店は、小さな哲学者であり、何でも打ち明けることができる友としての存在という、人を引き寄せる新たな磁場となった。そして単に立ち寄るだけの場所ではなく、友達であり、家族でもあるような、客の生活の一部となっていった。

僕にとってはすでに想像を超えた状況であったが、実はまだすべての始まりに過ぎなかった。深夜、カウンター席のイスに座って、その日初めてのドリップ・コーヒーを飲んでいたとき、ベンが僕にこう言った。

「ジョディ、今日おれは、驚くべき挑戦状を受け取ったよ」

電卓で売り上げチェックをするのに忙しかった僕は、そのままの姿勢で眉毛だけ持ち上げた。「そうかい。挑戦ってどんな」

ベンは、電卓をテーブルの隅に押しやった。「いいか、よく聞け」

ベンは話し始めた。夕方、上品な身なりの三十代の男性客が来た。十億ルピアの宝くじ当選者か彼にしかできないような表情で、堂々とした足取りでカフェに入ってきた。その顔は勝利に満ち溢れていた。もしかしたら、本当に十億を手に入れたばかりだったのかもしれない。彼は、端から端まで、カウンター席に座っていた客全員におごった。

彼らの前で、その男はベンにこう質問した。いや、正確には、高らかに宣言した。「この店には、〝成功とは、完璧な人生の姿である！〟という意味のコーヒーはあるかな。もしあるのなら、大きなカップで一つ頼む」

ベンは丁重に答えた。「メニューをご覧ください。丁度良いものがあるかもしれません」

その男は首を振った。「メニューは見たが、そんなものはなかった」

「意味が近いものではどうでしょうか」ベンの言葉は、その男の笑いを誘った。「すまん、私の人生に〝近い〟なんて言葉はない。私は完璧な味わいの、欠点のないコーヒーが飲みたいんだよ」

ベンはかゆくもない頭を掻き出した。

「つまり、君は、まだあんなキャッチコピーを掲げることはできないということだね」男はガラス窓の方を指さした。「自分のイメージを見つけるためにここに来たのだが…」続いて男は、自分がいかに人生の成功者であるかについて長々と語り始めた。輸入自動車販売会社のオーナーであること、奥さんは今が旬の美しい女優であること、その上、男はまだ四十歳にもなっていないというのに、有名な経済誌の「最も影響力のあるビジネスパーソン」に何度か選ばれたこともあるという。

僕は頭がくらくらした。カフェインの一撃によるものなのか、このサクセスストーリーのせいなのかは、よく分からなかった。

ベンはさらに話を続けた。その男は、ベンに、できるだけ完璧な味わいのコーヒーを作るという挑戦状を叩きつけたのだった。

「飲んだときに、あまりに驚いて息を呑み、〝この人生は完璧だ〟としか言えないようなコーヒーだ」男は、深い感嘆の表情で説明をした。たぶん、自分のことを思い浮かべていたのだろう。そして、ゴングは鳴った。男が五千万ルピアの報酬を申し出たのだ。

その瞬間、僕は目を見開いた。ここで初めて、興味が湧いた。「五千万⁉」

「この挑戦を受けることにした」

「待てよ、まさかこれって賭けじゃないだろ？」

「賭けじゃないよ。彼を満足させることができれば金が手に入る。もしできなければそれだけのことだ。リスクはない」

「だったら難しく考える必要はない。やろう！」僕は熱く声を上げた。この手に五千万ルピアがあれば、どんなことができるだろうかと想像した。

ベンはただ、額に皺を寄せて、小さく頷いた。真剣だ。僕は知っている、ベンは五千万ルピアという金額に釣られたのではないということを。

「と、いうわけだから、命をかけて取り組まないとな。今から始めるぞ！」急にベンは立ち上がり、僕と、たった一口飲んだばかりのコーヒーはその場にとり残された。「命をかけて」

というのは、どういう意味で言ったのだろう。

のちに、僕はその意味を知ることとなった。恒例となっていた夜のディスカッションはなくなり、閉店後も、ベンはカウンターの中から出てこようとしなかった。毎晩のように僕が目にする光景は、計量カップ、試験管、秤、計量スプーンなど、カフェというより化学実験室と言った方が合っているような器具に囲まれているベンの姿へと変わった。

ベンの髪はボサボサに伸び、髭を剃るのも忘れ頬はガサガサ、寝不足のせいか目の下にはクマができた。食べ忘れることもしばしばで体重はどんどん落ちていった。僕の友は、別バージョンのフランケンシュタインへと変貌を遂げていた。怪物バリスタだ。

＊

あれからすでに数週間が経過していた。深夜、突然ベンから電話がきて、店に出て来いと言う。

僕はぶつぶつと愚痴をこぼしつつ、店に到着した。「明日まで待てないなんて、よほど重要な用件なんだろうね」

ベンは答えなかった。でも僕は、髪の毛と髭が爆発しているベンの顔から、目の輝きが放たれているのをとらえた。

ベンは、僕の鼻先に、計量カップを突き出した。中には温かいコーヒーが入っている。「飲んでみてくれ」僕は香りを嗅いだ。いい匂いだ。とてもいい。

「飲んでみてくれ」

少し戸惑いながら、一口飲んだ。複雑な苦味、酸味、コクのコンビネーションが、僕の舌に広がった。うーん…これは…「ベン、このコーヒーは…」僕は顔を上げた。「完璧だよ！」

僕とベンは、体が揺すられるほど強い握手を交わした。僕たち二人は声を上げて笑った。とても長いことそうしていた。知らぬ間に、重圧が掛かっていたようだ。まるで僕たちは何年も笑っていないかのように笑った。

「これは今まで飲んできたなかで最高のコーヒーだ！」僕はまた叫んだ。本当に驚いたのだ。

「世界一だ」と、ベンが続けた。「今まで世界を旅して、各地で美味しいといわれるコーヒーをすべて試してきたけれど、こんな味はなかった。ついにおれは、完璧なブレンドのコーヒーがありますよ、と宣言することができる」

僕は頷いて同意した。「このブレンドには、何て名前をつける？」

ベンは固まっていたが、しばらくして笑顔が広がった。その笑顔は、この世に赤ん坊が誕生するのを目撃した父親の誇りある笑顔だった。「ベンズ・ペルフェクト（BEN's PERFECTO）」。そう、きっぱりと断言した。

2.

早朝、ベンは挑戦者に電話を掛けた。夕方四時ちょうど、その男は妻と一緒に、完璧な姿で現れた。

誰でも、彼の人生とかかわってみたいと思うに違いない。カフェに一歩入った瞬間から、成功と富のオーラを解き放ち、おまけにその妻である女は、もはや美貌を可視化できるオーラ写真など必要ないほどに美しい。

僕たちがあえて呼んだ常連客の皆に見守られ、ベンは緊張した面持ちで最初の一杯となる〝ベンズ・ペルフェクト〟を提供した。

男は一口飲むと、息を呑み、ゆっくりとこう言いながら息を吐き出した。

「この人生は、完璧だ」

僕らの小さな店は、大歓声に沸いた。全員が歓喜の声を上げていた。

男は一枚の小切手を取り出した。「おめでとう。このコーヒーはパーフェクトだ。完璧だ」

お返しに、ベンは珈琲の哲学のカードを差し出した。そのカードには、こう書いてあった。

今日あなたが飲んだコーヒーは、
BEN' s PERFECTO
成功とは、人生の完璧な姿である。

男はこれを読んで大笑いした。「その通りだ！　このカードは、ずっと大事にしまっておくよ」そう言って、高そうなジャケットの裏ポケットにカードをしまった。

その夕方は、パーフェクトだった。僕らはすべての客にベンズ・ペルフェクトのサンプルを配り、絶賛された。

その後も同様だった。ベンズ・ペルフェクトの登場以降、僕らの利益は増え、増えるどころか倍増したのだった。

ベンズ・ペルフェクトは、常連客皆のお気に入りメニューとなると同時に、新しくやって来る人々の引力にもなった。他のドリンクと比べると割高だが、ベンズ・ペルフェクトから得られる満足感は、他では味わえないものだった。名高いベンズ・ペルフェクトのおかげで、外国人からも注目を集め、これを飲んだときには皆、呆気にとられるのだった。

ジャカルタの街で、「珈琲の哲学」という名の小さな店で、こんなにすごいコーヒーに出逢えるとは、誰も想像すらしていなかった。

3.

今日僕は、気まぐれで、カウンターのベンの隣りに立っている。一度でいいから、常連客との会話を満足するまで楽しんでみたかったし、新規の客がベンの見事なブレンドコーヒーを味わった瞬間の表情を見てみたかったのだ。

「新規の客だよ」中年の男性が入ってきたとき、常連客全員の顔を覚えているベンが、囁いた。

僕はすぐに、いつもよりさらに愛想良く歓迎した。「いらっしゃいませ」頭を下げながらそう言った。

「おはよう」僕の出迎えに感銘を受けたようだ。男性は、カウンター席に腰をかけた。

「コーヒーを一つお願いできるかな？」

「もちろんです。ここはカフェですから」

男性もつられて微笑んだ。少々不慣れな様子で座り直すと、キョロキョロと見まわして僕たちの店を観察し、やがて脇に挟んでいた新聞をゆっくりと開いた。その行動から、この客はカフェでコーヒーを飲むことに慣れていないのかもしれない、と思った。

「どうぞ、どれにしますか？」僕は、ドリンクメニューを差し出した。

一瞬ちらっと見ただけで、読みもしなかった。

「どれでもいいから、おまかせするよ。美味しいコーヒーをたのむ」

穏やかに、そう答えた。

僕はすぐさまベンに向かって叫んだ。「ベン！ ベンズ・ペルフェクトを一つ！」

間もなくベンは、ベンズ・ペルフェクトを差し出した。

「これは、ただ単に美味しい訳ではないんです。いちばーん美味しいんです！ 世界でナンバーワンですよ」と、僕は、宣伝した。

「お客さんはコーヒー好きなんですか？」ベンが気さくにそう尋ねた。新規の客に尋ねるお決まりの質問だ。

「コーヒーは日々私の健康を守ってくれるジャムー*のようなものだ。私には、美味いコーヒーと不味いコーヒーの違いがよく分かるよ。友達がここのコーヒーは美味いと言ってい

［訳注］＊インドネシアの伝統的なハーブ、漢方薬。

た」意気込んだ様子で発されたその言葉は、強いジャワ訛りだった。

一口飲むと、男性はカップを置き、また新聞を読み始めた。

ベンはすぐに乗り気で尋ねた。「いかがです？」

男性は顔を上げた。「何が？」

「コーヒーです」

男性は丁寧に何度か頷くと、短く「まあまあかな」と答え、新聞を読み続けている。

「どういう風に、まあまあなのでしょう？」ベンが動揺し始めた。

「そりゃ、なかなか美味しいってことさ」男性はそう答えた。

「お客さまが今飲んだコーヒーは、世界で一番美味しいコーヒーなんですよ」僕は堪えきれず、そう説明した。

「そうなの？　本当かい？」冗談を聞いたかのように、男性は、むしろ小さく笑った。

すぐにベンの表情が固まった。その客も、自らが作り出した緊張感に気づいたようだった。

「冗談だよ。このコーヒーは美味い！　美味い！　本当だ！」

「つまりお客さんは、これより美味しいコーヒーを飲んだことがあるってことですね？」

ベンは、顔を引きつらせながら質問した。

ますますパニックになり、男性はゲラゲラと派手に笑った。「君が淹れてくれたのと、そんなに変わらないよ」

「でも、そちらの方が美味しかったんですね？」ベンの声がさらに高くなる。

男性の喉ぼとけがゴクリと鳴り、僕をちらりと見た後、ベンに視線を移すと、やっと頷いた。

「どこでそのコーヒーを飲んだのですか？」

「でも…でも、それほど違いはないよ！　本当にちょっとの違いだ！」

慰めようと発したその言葉は、さらに状況を悪化させた。ベンは何度も他の客に呼ばれたが、完全に無視していた。ベンの足は、床にくっついてしまっていた。すべての存在がこの男性に集中している。しかも、悪い意味で。

「どこです？」

「遠いよ」

「ど・こ・で・す？」

こんなベンは、見たことがなかった。この世には、ベンのエネルギーや焦点を切り替えることができるものなんて一つもないように思えた。僕は少しずつ後退りし、ちっとも接客されないことにイライラしている客に対応することにした。

間もなくして、ベンが僕に近づいてきた。「ジョディ、正午になったら店を閉める。ある場所までついてきてくれないか。何日か、泊まれる準備をしてきて」

「どこへ行くつもりさ」

ベンは答えなかった。そして、きつく口を閉ざしたままだった。一時間も経たずして、僕らは店を閉めた。

＊

僕の残りの一日が、中部ジャワの村に続く道に沿って運転するだけで終わることになるなんて、誰が想像できただろう。

ベンは、抜け落ちてしまうのではないかと思うほど目を見開いて、あの不吉な男性が描いた最低限の地図（当然、強制的に描かされたものだ…）を追っていた。

「ベン、もう暗くなってきた。迷ったみたいだ。泊まる場所を探して、明日の朝また出直そう」

「ベンは疲れてもたれ掛かっていた。「分かった。クラテンに戻ろう」

僕は、待ってましたとばかりに進路を変えた。砂利道の振動で背骨が砕けて粉々になったような感覚だった。

僕らはクラテンに一泊した。翌朝はベンと運転を交替した。「どうして昨日迷ったのか分かった。曲がり角を一つ見落としてたんだ！」熱弁の叫びだった。

僕はただ「そうか」としか言えなかった。カフェに入った経験すら乏しいであろう一人の男性が、あくまで主観的な意見として語ったベンズ・ペルフェクトよりも美味しいというコーヒーの存在。そのコーヒーに対する執着心に付き添うだけのこの旅が僕には本当にバカバカしく感じられた。しかも今見える景色からして、そのコーヒーの存在が証明されることなど、九十九％ないだろうとも思えた。

だが、ベンが言っていた曲がり角で、丁度通りかかった若い女に道を尋ねようと車を止めたときのことだった。

「あぁ、たぶんあんたが言ってるのは、セノさんの屋台のことだ」

「とにかくそこではすごく美味しいコーヒーが飲めるらしい」とベンが説明した。

「そうそう！」女は、ジャワ語で勢いよく答えた。

「あっちに向かって真っ直ぐだよ。でも、道が悪いからゆっくり進んでね」

ベンは慌ててお礼を言うと、アクセルを踏み込もうとした。

「ティウスコーヒーって名前だよ」女が付け加えた。

ベンは、急ブレーキを踏んだ。「何だって？」

「ティウスコーヒーだよ！　これだよ、そこから持ってきたばかりのもんだ」女は、背負っているカゴの中身を見せてくれた。すでに焙煎されたコーヒー豆だ。

ベンはすぐに、それを手ですくった。「おねえさん、悪いけど少し分けてもらうよ」そう言うと同時に、五千ルピア札を一枚渡した。

女は、ぽかんとしていた。遠くで「おーい、五千ルピアって一籠分だよー！」と叫んでいるのが聞こえた。

ベンは、悪魔に取り憑かれたかのようだった。未舗装でぬかるんだ穴だらけの道を、高速道路並みのスピードで通過した。僕はただ、全力で吐くのを堪えることしかできなかった。

ちょうど道の終わりにある小さな丘の上に、大きな木に守られるように、掘っ立て小屋の古い屋台が立っていた。前庭には、収穫されたばかりのコーヒーの実が入った精選機があった。掘っ立て小屋の周辺には、美しい白い花を付けた低木があちこちに生えていた。僕は、この小さな丘全体にコーヒーの木が植えられていることに、そこで初めて気が付いた。

「あり得ない…」ベンは信じられない様子で息を荒げた。「このあたりの標高は、コーヒー栽培には向いていないはずだ。しかも見ろ、こんな小規模でコーヒー栽培をやる農家がどこにあるっていうんだ」

屋台では、初老の男性が、温かい笑顔で僕らを迎えてくれた。「町から来たのかい？」

僕は頷いた。「ジャカルタからです」

「ずいぶん遠くから来たなあ」おじさんは、信じられないというように、頭を左右に振りながらそう言った。

すぐにベンはそこにあった長椅子に座ったが、まだ困惑の表情を浮かべていた。「ティウスコーヒー、二つ」

「ここにジャカルタの人が来るなんて、滅多にない。あったとしても、この辺の小さな町からじゃ」僕らの前に逆さ向きにして置かれていた、底がスターフルーツみたいな形をしたグラスを二つ取り上げながら、そう言った。

「おじさんが、セノさんですか?」僕は尋ねた。

「そうだが。どうして私の名前を知ってるのかな?」

「ジャカルタでも有名なんです」僕はにやけながらそう言って、皮肉られているとも思っていないベンを皮肉った。ベンの目は、セノさんがコーヒーを淹れる動作をつぶさに観察していた。

セノさんは、笑い飛ばした。「わはは、そんなわけないだろう!」

僕らの前に、湯気を上げた濃いコーヒーが入ったグラスが二つ出された。

「揚げ物も召し上がれ」

僕は、ピサンゴレン*を一つつまんだ。他にも色々な揚げ物が乗った皿がある。

ベンは静かだった。まるでその物体がベンに話しかけるのを待っているかのように、ただ目の前にあるグラスを見ていた。

「いくらですか?」

「揚げ物は一つ五〇ルピアだが。コーヒーは、いくらでもいいよ」

「どうして!?」突然ベンが声を上げた。

「コーヒー豆はたくさんあるからな。売るときは、カゴ単位で売っている。だからこうやって飲んでもらうときにはタダでも構わんのだよ。でもここに来る人は、なんでかお金を払いたがる。一五〇ルピアくれる者もいるし、一〇〇ルピア、二〇〇ルピア…まぁ、いくらでもいいさ」

「いただきます」僕はグラスに口をつけようとした。

「あぁ、どうぞ」

すでに、ベンは先に飲んでいたようだ。しばし僕は釘付けになり、どんなリアクションが出てくるのか待った。ベンはただ押し黙っていた。その眼だけがミステリアスな雰囲気に包まれていた。僕もゆっくりと、コーヒーを飲んだ。そして…


[訳注]＊バナナをココナツオイルで揚げたお菓子。インドネシアの伝統的なコーヒー店では、さまざまな揚げ物を用意して、コーヒーといっしょに食べることができる。

僕らは二人とも何も喋らなかった。静寂の中、一口ずつ飲んでいった。

「もう一杯どうかな」セノさんの穏やかな声が静寂を打ち破った。

僕もベンも何も言わず、グラスにコーヒーが注がれるのをただ見つめていた。

「このティウスコーヒーを好きだって言ってくれる人がたくさんいる。自分でもなんでか分からん。飲み口が爽やかだって言う人もいるし、心穏やかになれる、我慢強くなれる、落ち着く、懐かしい…なんて言う人もいる。わはは、色々じゃ！　わしにしてみたら、普通の味なんだが。もしかしたら、コーヒーの実自体に不思議な力があるのかもしれん。わしがここに住み始めたとき、コーヒーの木はもうそこにあった。〝ティウス〟っていうのは、亡くなったわしの子に由来がある。女の子だったが、あの子が小さい頃、ここでコーヒーの花を見る度に〝ティウス、ティウス〟と言っていたものだから」嬉しそうにセノさんが語ってくれた。

突然、ベンは外へ駆け出して行った。

僕は止めなかった。ベンが一人で、外にある大きな木の下に座っているのを、放っておいた。

＊

もう、太陽が茜色に燃えている。僕はベンの方に近づいた。

「これ以上、何を探すっていうんだ？　もう帰ろう」

「おれの負けだ」ぐったりと、吐息を漏らした。

「何に負けたって言うんだ？　コンテストじゃあるまいし」

「これをセノさんに渡してくれ」ベンは一枚の紙を差し出した。

ベンが何を差し出したのか理解したとき、僕の目は飛び出てしまいそうだった。「どうかしちまったのかい。そんなことできるか！」

「ジョディ、お前もさっきのコーヒーを飲んだんだろう。説明は、それだけじゃ足りないか？」

必死になって、僕は説得を試みた。「分かった、確かにあのコーヒーは、ユニークだ。だから何だ？」

「お前はまだ気づかないのか」ベンは僕を憐れむように見た。

「おれは、すべてを手に入れたと思い込んでいる男にいいように使われ、そいつのエゴを満たすためだけの、馬鹿げた挑戦を受け入れてしまった。そしておれ自身も、まがいものの人工的な完璧さに囚われたんだ！」感情的にそう叫んだ。「おれは自分自身を恥じているし、ベンズ・ペルフェクトがベストだというでたらめを広めてしまった客に対しても恥ずかしい」

でたらめだって？　僕は全く理解できなかった。

「しかも、ティウスコーヒーのどこがすごいか分かるか？」宙を見つめて呟いた。「セノさんは、コーヒーを飲む人々の反応はさまざまだと言った。そして、それは正しい。ティウスコーヒーを飲んで、おれは最低のバリスタだったってことに気づいたよ。知ったかぶりだけならまだしも、コーヒーから哲学なんてもんを作り出し、それで客から金をとっていた。でもそれよりも最悪なのは、世界で一番完璧なコーヒーを生み出した気になっていたことだ。おれは馬鹿だ！　大馬鹿野郎だ！」

「店の今後の計画を思い出してくれ。すべての計画資金として、この紙が必要なんだよ」

僕はベンをなだめた。

「おれはコーヒーから身を引くよ」

今回ばかりは理解不能で、僕はついに爆発した。「なんでお前は、コーヒーのことになると途端にことを難しくするんだ！　ロマンの過剰摂取か？　お前がコーヒーを愛しているのはいい。だけどな、大げさにする必要はない。もっと理性的に…」

ベンは勢いよく立ち上がった。「やっぱりお前は金のことしか考えてないんだな！　利益、収益、売り上げ…お前は、おれにとってコーヒーがどんな意味を持つのか少しも分かってやしない。店は持っていけよ。お前と、あの成功者気取りのアホな男でやればいい」

僕の拳が今にもベンの顔に飛んでいきそうになるのを、必死で堪えた。「ベン、お前はまだ混乱しているんだ。適当なことを言うな。今すぐジャカルタに帰るぞ」

「まず、それをセノさんに渡せ」

「馬鹿言うな！　僕は絶対に渡さない。これは、明らかにセノさんのものじゃない。この金は、一生懸命、ベンズ・ペルフェクトを生み出した、お前のものだ」

しかし、その名は侮辱として耳に届き、ベンに虫唾が走った。「ジョディ、覚えておけ」ベンの脅しが入る。「その金は、完全におれのものだ」

「店のために使う資金に入れると同意した時点で、お前のものではなくなった」僕の反論は素早かった。

ベンは強く首を振った。「だったらもう、店のために好きに使うといい。おれは本気だ」

「そういうことじゃないだろ…」

「友達なら、何も強制しないでくれ」ベンは静かにそう言った。

それを聞いて、僕の頭の議論が停滞した。しかし、僕たち二人はついにゆっくりとした足取りで自らを車へと導くと、セノさんが、ジャカルタへ帰る僕たちに手を振って、見送ってくれた。一枚のあの紙は、僕がしっかりと握りしめていた。

4.

ベンは正しい。僕は強制することはできない。強制することができる人物などいなかった。ロウソクが風に吹き消されたかのように生きる気力が失せた。僕たちの店の運命も同じだった。閉店だ。

僕は一人、「珈琲の哲学」の便りを尋ねる電話や手紙に返答するため奔走していた。金銭的に困っているのなら支援をしようと申し出てくれる人たちもいた。数日前には、ベンが病に倒れたのだと思い、花と果物の詰め合わせを送ってくれた人もいた。

ベンはいたって健康だったが、ただコーヒーに関わりたくなかった。けれども、ベンは毎晩、静寂で凍りついたカウンターの中にいた。

僕は、左右のこめかみをゆっくりと揉んだ。正直に言えば、僕だって混乱し、時が経つにつれて自分自身の行動を疑うようになっていた。たぶん、ベンが正しいのだ。僕が考えているのは、金、収益、そしてこの店がなくなったら、今後はどうなっていくのかということだけだった。実際のところ、この場所を暖める暖炉はベンであり、僕はむしろ、僕の無理解のせいでそれを消してしまっていた。

突然、僕の考えが遮られた。テーブルの端に、口が結ばれたままのビニール袋が置いてあるのが目に入った。ティウスコーヒーだ。

不意に僕の手が素早く動いてそれを掴むと、袋を開け、必要な量を手にすくって、コーヒーミルの中へ入れた。すぐにホットのティウスコーヒーが出来上がった。初めて、僕は自分でコーヒーを淹れた。

僕は、ティウスを一口飲んだ…、脳裏にベンの顔が浮かんだ。ベンが、キラキラと輝く山ほどの店のアイディアを持って、僕のところに来たときのことを。二年前だ。

二口目を飲んだ…、僕たち二人が一生懸命に働く様子が、断片的に思い浮かんだ。ギリギリの予算。金はほとんど残っていなかった。この場所のためにすべてを犠牲にした。ヨーロッパでのコーヒー旅から帰ってきたときの、浮浪者のようなベンの顔が思い浮かんだ。僕は微笑んだ、あいつはやっぱり頑強な人間だ。

三口目…、僕はますます笑顔になった。喜びと悲しみが交差した。客が来ないので、失意の下にコーヒーを何杯も、頭痛がするまで飲んだ日のこと。中古のコーヒーミルがしょっちゅう動かなくなったこと。お金を忘れてきた客が、担保として靴を置いていったこと…。僕は笑った。

こうして何口か、コーヒーを飲んだ。フラッシュバックする思い出が、どんどん充満していった。そして最後、残り数滴になったとき、僕のカップの底にある滓は、喪失感だった。僕は友人を失ったのだ。

＊

僕は二日間ジャカルタを離れていた。ジャカルタに戻るとすぐに、忘れていった家の鍵を取ろうと、店に寄った。

真夜中に近い時間だったので、ここでベンに会うとは思ってもいなかった。ベンは一人きりで座っていて、僕が入ってきたのを聞いても、何の反応もしなかった。

カウンターから、僕は一杯のコーヒーを差し出した。

「いらない。ありがとう」とベンが呟いた。

「まぁ、そう言うな。スティックコーヒーに熱湯を注ぐことしかしない僕が、無謀にもバリスタのためにフレッシュなコーヒーを淹れるなんて、もうないかもしれないぞ」僕は冗談を言った。

ベンは小さく笑みを見せ、僕が淹れたコーヒーを少し味見した。一瞬で、ベンの顔色が変わった。

「どういうことだ?」ベンは、ほとんど怒っていた。

僕は答えずに、一枚のカードを渡した。

今日あなたが飲んだコーヒーは、
ティウスコーヒー
完璧なものはなくても、
この人生は存在するだけで美しい。

「セノさんが、よろしくと言っていた。それから、コーヒーと砂糖水を一つにすることはできないという言葉も預かった。お前が淹れたコーヒーがどんなに完璧だとしても、コーヒーはコーヒーにすぎない。隠すことができない苦い面だってある。これがティウスコーヒーの凄いところだな。お前を後退させて、考えさせる苦い面を持ち備えていた。僕だって、色々なことを教えてもらった」僕は、胸を落ち着かせるため、息を吐いた。「何千万ルピアという金をはたいたって、僕らが経験してきたことをすべて買うことはできない。完璧さなんて、偽物だ。ベンズ・ペルフェクトは、単なる美味しい豆のブレンドにすぎない」

「そのとおりさ」ベンは、苦い笑みを浮かべた。「おれたちは詐欺野郎だ」

「でも、お前が考えなきゃならないことはまだある。例えば…」僕はテーブルの上に、たくさんのメッセージカードと手紙を広げた。「この人たちは〝ベンズ・ペルフェクト〟のような完璧さを求めているわけじゃない。彼らは、ありのままのお前とこの店のことが好きなのさ」

ベンは、目の前にバラバラに広がったたくさんのメッセージを、じっと見つめた。僕は、その手がゆっくりと動き、カードと手紙を一つずつ手に取るのを待った。そこに書かれた文章を読むにつれ、「珈琲の哲学」の命は、少しずつ息を吹き返していった。ベンは彼ら全員のことを覚えていた。愛情を持ってベンが毎日もてなした、コーヒー一杯一杯から立つ湯気の向こうに見える温かい面々。

僕はまだ黙っていた。ベンが、顔を覆っている両手を下ろすのを待っていた。とても長かった。そして、いつまで待ってもこの時は終わらないのではないかと思ったとき、突然ベンが立ち上がり、その手で僕の肩を掴んだ。「あの金は?」と息を荒げる。

「持つべき人の手にある」

僕は、ベンが曖昧に頷くのを見た。そして僕は、ベンが背中で思い切り笑っていることを確信していた。

店の大きな窓には、明日の仕込みをし、さざ波のないコーヒー豆の粉の如く長い間立ち止まっていた「珈琲の哲学」を目覚めさせるために、カウンターの中で再び踊る手のシルエットが映っている。今晩、一杯のティウスコーヒーが、二人を再び結びつけた。

ジャカルタから数百キロ離れた村で…

「さっきティウスコーヒーを買っていた若い男が、こんなものを置いていったよ」セノさんは、妻にそう話し、数字が並んだ一枚の紙を見せた。

「これはなんだろうね」妻は訳が分からず、頭を掻いた。

「わしもよく分からん」セノさんも、肩をすくめた。

「まあいいさ、とっておけば。想い出に」

セノさんはうんうんと頷き、その紙を、タンスの中の衣類の下へと忍び込ませた。

ヘルマンを探して

Mencari Herman [2004]

「欲しいものが一つであれば、二つは取るな。一つでは満足できるが、二つだと消えてしまう」こんな賢明な諺が存在すれば良かったのに。なんだか妙な響きではあるが、大切なことだ。諺というのは、古典文学を飾り立てるための単なる綿菓子ではない。これを定式化するためには、苦い経験が必要だ。畔までゆったりと泳ぐ楽しみを知るためには、筏に乗って源流まで必死に向かう人が必要だ。真っ逆さまに落ちて、さらにまた階段から転げ落ちる人が必要だ。一点の藍色を打ち消すためには、一鍋分のミルクが必要だ。ヘルマンを探すヘラが必要だ。

十三歳のこの少女は、みんなのお気に入りだった。僕も含めて。ヘラは僕の親友の妹だ。可愛くて素直なヘラ。親、国、宗教に従順な十代の若者の日常は、いたって平和である。ある日僕らは、夕方になっても、家のテラスでヘルマン・フェラニーについて話していた。今しがた僕らが見た映画に出ていたヘルマンの口ひげは見事で、それを真似て、誰が一番早く口ひげを生やせるか競争しようと、僕や、その場にいたヘラの兄ら友人全員がその気になっていた。僕たちが話しているのをただ見ていたヘラは、ふと、何の前触れもなく、ヘルマンという名の友達はいたためしがない、と言った。誰一人気にも留めていなかったが、僕は違った。僕はヘラの耳元で囁いた。学校に絶対いるよ、探してごらん。

一週間後、ヘラは僕のところへ来て、学校にヘルマンという子はいなかったし、先生の中にもいなかったと報告してくれた。僕はかなり驚いた。数百人の生徒、数十人の先生の中に、一人もヘルマンがいないだって？　ブディはたくさんいるし、アフマッドもたくさん、ルドウィッグでさえいる。でも、ヘルマンはいない。僕もふと気づいた、僕にもヘルマンという知り合いはいなかった。

ヘラは範囲を広げ、家の近所でヘルマンを探し始めた。彼女は自治会長や区長を訪ねて回った。しかし、やはりヘルマン、または、ヘルマン氏、ヘルマン君はいなかった。僕は、自分の自治会と区ではどうだろうかと思い、ヘラと一緒に探したが、ここでもやはりヘルマンを見つけることはなかった。ヘラは、親戚や友達にも、誰かヘルマンという知り合いがいないか、聞いて回り始めた。不思議なことに、いなかった。名前にヘルマン的要素や、ヘルマンっぽさがある人は何人かいた。フェリ・ヘルマンシャー、ブディ・ヘルマント、インドラ・ヘルマンディ、ヘルマワン・アディ。しかし、ヘラは満足しなかった。ヘラは、真のヘルマンを切望していたのだ。

もちろん、僕たちは、毎日ヘルマンを忙しく探し回っていたわけではない。時は過ぎ、ヘラは高校を卒業しようとしていた。小児科の医師になることを希望していたヘラは、ジャカルタの大学へ進学する前に、別れの挨拶をしにやって来た。「ヘルマンに会えるといいね！」ヘラが電車に乗り込む前に僕が言った最後の言葉だ。

数年後、僕に第一子が生まれた。丁度、かっこいいヘラ医師を訪ねるという空想をしていたところで、突然、ヘラが中退したという知らせを聞いた。どうやら完璧だったあの子は、普通の人間になったらしい。ヘラは、彼氏をとっかえひっかえするので有名だそうだ。ヘラには一度、石が当たった。婚外妊娠をしたのだ。皮肉なことに、医学生としての知識を、道理に叶ったことを成すために使うことができなかった。ヘラは逆上されるのを怖れ、呪術師の元を訪れた。お腹を踏まれ、押し潰された。出てきたのは血液だけで、胎児は出てこなかった。そして、子宮は永遠に機能しなくなった。ヘラは強い痛みを抱えて、帰省せざるを得なかった。

長い間、ヘラは自宅軟禁のような感じで引き籠っていた。可愛らしい顔は、苦しみに満ちていた。彼女はその後、幾つかのイスラム寄宿学校へ送られた。心身ともに回復したという診断を受けて、ヘラはやっと希望を持つことを許された。そして、ヘラは飛ぶことを選んだ。スチュワーデスの勉強をするからと、ヘラが別れの挨拶をしに来たときに、彼女と会った。

「空でヘルマンに会えるように？」僕は冗談を言った。ヘラは笑った。そうだ、という意味だったのか、違ったのか、あるいは僕を嘲笑ったのか、僕には分からない。この質問は、早急に捨て去りたい「過去」という名のごみ袋の中へ、直ちに僕を分別するものだったようだ。

次に僕らが会ったとき、ヘラは本物の客室乗務員の制服を着ていた。とても可愛い。僕は「いつまで飛ぶつもり？　いつになったら結婚するの？」と尋ねた。まるで、「しょっぱくない塩がある？」という質問と同じくらい馬鹿げた質問に答えるように、ヘラは色っぽく首を振りながら、フンと鼻を鳴らして微笑んだ。僕はそれを「ノー」だと理解した。ヘラは、僕の社交レベルでは手が届かない、近代的な女性へと変貌を遂げていた。

「ヘルマンには会えた？」と、僕はまた質問をした。ヘラは、また笑い飛ばした。それから、もうここ何年も探していないし、ましてや名簿を辿るようなこともしていないと言った。彼女がしたいのは、そういうことではなかった。ヘラは、直行で誰かと出会い、その手を握って、「ヘルマン」と言う、というのがやりたかったのだ。「君は、捜索をさらに難航させているね」僕は言った。「自然であればあるほど、盛り上がる」というヘラの答えは、揺るぎないものだった。そして、ヘラは電話番号を残していった。もしかすると、僕は、ヘラのためにヘルマンを発見する者として、自然がそう定めたのかもしれなかった。

もちろん、僕だって常にヘルマンのことを考えているわけではない。ヘルマンよりも僕が頻繁に考えているのは、ヘラのことだ。僕の親友でもあるヘラの兄が、ヘラが五人の子持ちパイロットと禁断の関係を結んでいるということを話してくれた。「ヘルマンって名前？」もしイエスであれば、少しは理解できるような気がしたので、僕は訊いた。違う、名前はバジュリだ。このバジュリというパイロットは、ヘラと平穏な人生を送るために、近々離婚するらしい。祝福をする者は、いない。――僕もだ。だって、その人の名前はバジュリであって、ヘルマンではない。

僕は、さらにヘラのことを考えるようになった。噂では、彼女は二度流産し、最終的には完全に妊娠できなくなったらしい。ほどなくして、パイロットとヘラは離婚した。あるいは、ただ別れただけなのかもしれないが、僕は確かなことを知らない。犠牲となったヘラは、他の航空会社へと移ったのだが、会社が倒産し、突如職を失った。「それで、ヘラは今どこにいる?」僕は親友に訊いた。ジャカルタにいて全く帰ってこない、恥ずかしいんだろう、ヘラはあの老いぼれパイロットと同棲して以来両親に挨拶にも来なくなった、というのが彼の答えだった。放っておけばいい、あいつの不幸な運命は皆から祝福を受けなかったせいだ、と彼は言った。

僕が、ヘラを「先に」見つけなきゃいけなくなるなんて、想像もしていなかった。ヘラの家族は、本当は彼女の居場所を知っていたのだが、知らないふりをしていた。ヘラはバティック布を一軒一軒売り歩いていたが、時々、電化製品のセールスを副業とすることもあった。顔は疲れ果て、目の輝きは失望に飲み込まれ、消え失せていた。僕が見つけたとき、ヘラは一時間泣きはらし、何時間もため息をつき、愚痴をこぼした。もう長いこと、彼女の話を聞く者はいなかったのだ。ヘラは、人生に失望したと言った。人生は不公平だ。人生は残酷だ。人生はこうでああで、人生はああでこうで…、単語が無くなるまで言い尽くしたところで、やっと僕に喋るチャンスが回ってきた。ヘラのためにヘルマンを見つけたと。たぶん、ここ何年もの間で、彼女が初めて受けた良い知らせだったのだろう。何も考えることなく、ヘラは僕の義理親の友人であるヘルマン夫人に会うためについてきた。夫がヘルマンという名前なのである。「ト」や「シャー」などの混じり気がない、生粋だ。注文通り、自然な方法で見つかった。電話帳や区の名簿は見ていない。

しかし、僕が見つけたヘルマン夫人は、一カ月程前に変わってしまっていた。そこにいたのは、お喋り好きで、愛想の良い夫人ではなかった。ヘルマン氏が一週間前に亡くなったばかりなのだ。この世に他に誰もいない妻を残して逝ってしまった、手を握って「ヘルマン」と言うチャンスを与えることなくヘラを残して逝ってしまった。ヘルマン夫人は泣いた、ヘラは泣いた、そして僕もまた意気消沈した。まるで、先立たれた未亡人が二人いるかのようだった。

帰路で僕は多くを話さなかったが、別れる前に一言だけ「君のためにヘルマンを見つけることもできなかった」と言った。

ヘラはうなだれ、ほとんど呟くように、こう言った。「ねぇ、小さい頃から、いつも私のことを気にかけてくれたのは、あなただけだった。私はいつもあなたのことを愛おしく思っていたけれど、あなたには私のことが見えていないようだった。お願いだから、もうヘルマンを探さないで。もうヘルマンのことは訊かないで。もうヘルマンは必要ない。私が欲しいのは、あなたのような人だから」

僕は、彼女の言葉の意味をすぐに理解することができなかったが、ヘラが僕の指を掴んだとき、反射的にその手を振り払った。何かの間違いがあったようだ。僕がいつも気に留めていた彼女は、ヘルマンを探すヘラだ。僕を探すヘラではない。その日は、すべてが間違っていた。彼女を残して僕の足は素早く動き、僕の名前を呼ぶ声がかすかに聞こえた。

あの日以来、僕はヘラのことは考えまいと、努力していた。簡単なことではない、本当に。それほどまでに、彼女のことを考えるのが習慣になっていた。時たまヘルマン・フェラニーがテレビに出ていたり、新聞でヘルマンの名を見かけたり、ヘラと関係のある何かに触れると、僕はまたあの夕方の声を、僕を呼ぶ声を聞いた。そして、この背中が振り返りたいと言ったとしても、僕は前に歩み続けた方が良いということを知っていた。歩み続けていくんだ。

今、もしあの日、僕がヘラや彼女の心の中と向き合うことを選んでいたら、すべては違っていたのだろうかと、よく自分に問いかけている。ヘラが望んでいるヘルマンでないにしろ、もし、僕がヘルマンを探し続けていたら？ ヘルマンを探すのは、ヘラに会うための口実にすぎなかったのだと、もし、僕に認める勇気があったなら？

百日。僕は、コーランのヤー・スィーン章のプリントを鞄に滑り込ませた。例の親友とその家族に、これが最後になるかもしれない挨拶を済ませた。僕はここに戻って来られるほど強くはないからだ。ある日、ヘラが出掛けて行ったきり戻って来なかったという悲報を聞いて以来、百日間、僕は毎晩枕を濡らしていた。

最後にヘラと一緒にいた彼女の友達によれば、ヘラの顔に惹かれたある男が、広告モデルにならないかと、彼女を訪ねてきたらしい。ヘラは全く興味を示さなかった。ヘラは、その男が差し出した名刺を横目に受け取った。しかしその後、何かに気がついてハッとしたようだった。正確に言えば、ヘラがその名刺をよく見たときだった。ヘラはその男を追って走り出し、そのまま戻ってこなかった。

ヘラの体は、二日後、渓谷の途中に引っかかっているところを発見された。スラバヤナンバーの車から捨てられた、というのが目撃者による話だ。僕はこのニュースを、新聞の端に見つけた。

僕の親友が、ヘラ失踪のヒントとなる名刺を見せてくれた。そこに書いてある名前を読んだ瞬間、僕は、名刺の持ち主と改めて挨拶を交わすために、ヘラの足が走り出し、失望で渦巻いていた彼女の人生に現れた唯一の希望を全力で追いかけていくのを感じることができた。「ヘルマン」という名前を聞くために。

あの可愛らしい顔が輝く姿が思い浮かんだ。

ヘルマン・スヘルマン

二乗のヘルマンを見つけたヘラはその喜びも倍だったが、一つのヘルマンは彼女を満たすことができても、二つのヘルマンは彼女を殺めることになるかもしれないということを知らなかった。

僕だって知らなかった。知っている人など誰もいなかった。彼女を先導し、道を示してくれる諺は、なかった。少なくとも、僕が先にヘルマンを見つけていたら、ヘラはまだ生きていた。たぶん彼女はこの家にいて、僕と一緒に老後を過ごしていた。結果的に、僕は、二つの愛を抱えて生きる末路について、考える必要がなくなった。一つだったら僕を満たしてくれるけれど、二つだったら僕を殺めることになっていたのだろうか？　僕には知る術もない。

ヘルマンを探す
ファニーへ。

とどかない手紙

Surat yang Tak Pernah Sampai [2001]

あなたは投函するつもりのない手紙を書いている。なぜなら、あなた自身に問いかけるためにそれを書いているのだから。生気のない顔をした花屋の主人から買った十一本のチューベローズの香りが漂い、血を求めて蚊がさまよう部屋のなかで、あなたは、あのひとのことについて、夜風と議論を交わすつもりで手紙を書いている。

あのひとのことを、あなたは理解できない。あのひとは、時間をかけてゆっくりと、あなたを死にいたらしめる毒薬のよう。ある意味において、あのひとは、あなた自身が創造した存在ともいえる。

あのひととの関係を終わりにしたいとあなたは考えている。あのひとが、あなたのもとにやってきて、もううんざりだと罵り、恋に落ちてしまったことの愚かさと過ちを笑い、狂おしいほどに求め合った日々を、呪術の仕業に相違ないと悔いてくれれば良いと願っている。後生大事にとっておいた映画のチケットの半券、レストランのレシートのすべてを、あのひとに差し出す。それらを——二人が共有してきた時間の証拠の数々だ——受け取ったあのひとはその場ですべてを焼いてしまうだろう。その煙と灰が宙を舞い、あなたの目に飛び込み、頬をくすぐる。これで二人は晴れて別々の人生を歩む。そうすればきっとすべてがすっきりとするはずだ。

でもあなたは、それとは反対のことも願っている。あのひとが、あなたのもとにやってきて、あなたを迎え入れ、お互いの言い分を認め合い、これまで何度も繰り返してきたように、再び狂おしいほどに求め合い、そこに確かな愛を見出す。二人は名も知らぬ土地に漂着し、これまでの二人の歩み、闘い、そして耐え忍んできた記憶の一つ一つをなつかしく思い返す。これまでに流した涙の一滴さえも残さず数え、無駄にする流れもなく、それは果てしなく広がる空と平行に並ぶ海原へとつながる…それがあなたたち二人の望んでいることだ。

＊

仮に人生の移り変わりを止めることができるなら、仮に人生のある瞬間を、妨げられることなく永遠に化石にすることができるのなら、もし万物の何かの力が時間を止めることができるのなら、迷うことなくあなたはあの瞬間を選ぶだろう。あのひとと過ごした幸福な時間を永遠に保存できるのなら。あなたが求めていることはたった一つ、その瞬間だけだ。

あのひとの全存在が、幾千ものほかの用には目もくれず、ただあなたと一緒にいることだけに捧げられたあの時間。あの時間を再び手に入れることができるのなら、あなたは化石のように固まることさえ厭わない。

でも人生は常に流れてゆく。すべてが絶え間なく動き、現実は変化してゆく。私たちの意識からすべての繋がりの結び目はほどけ、全方向へと拡がっていく。人生は、沈黙を選ぶすべてのものを引き剥がし、誠実であるがたくさんの嘘にまみれた大きなうねりに、否が応でも引き込んでいく。あなたも決して例外ではない。

＊

あなたは恐れている。

あなたは恐れている。なぜなら、誠実でありたいと願っているから。そして誠実でありたいという気持ちが、迷いはじめている事実を認めさせようと、あなたを追い詰める。

あのひとは、あなたの人生のなかでとてつもなく大きな存在なのだ。しかしあなたは恐れている。記憶という言葉が頭の上で揺れ動いているのを感じている。二人の記憶だ。その概念があなたを不安にさせているのだ。

記憶は人生のなかで特別な地位を保っている。しかし記憶は現実のありのままを刻み込むわけではない。記憶とは雲のようなもの、中身がぎっしりとつまっているようにみえて、触れると瞬く間に霧のようにかき消えてしまう。

二人が求めてきたこと、それは二人の経験を記憶＝物語として記録することだった。そのあなたの想像のなかで、お互いを理想の恋人と、確固とした意思と創造性を持った人物として、世界に向けて放たれた傑作として、頭のなかで繰り返し演じさせてきた。しかし現実の二人は、二人の共有された時間のなかで常に、荒野で道に迷った旅人のようだった。それぞれが別々にコンパスを持ちながら、お互いに得られた情報を突き合わせることもせず迷い続ける愚かな旅人だった。たまに会ったときには、〝無駄にしてはならない愛と闘い〟の名のもとに、お互いに寛容になろうと努めた。あなたはすでに高い代償を支払ってきた。これこそが真実と思える選択にすべてを賭けるのだ。そしてあのひとを愛するということが、ほかとない真実になる。

＊

時間をかけてあなたはようやく、経験とは、絡み合う相互の感情と決して分かつことのできない部分であることに気づく。

時間をかけてあなたはようやく、これまでのことを振り返る勇気を持つ。するとどうだろう、二人はどれほどの経験を共有してきたといえるのだろう。相互の感情があやふやなまま積み重ねてきた関係は、大地を決して踏みしめることのできない亡霊へと変わる。美化されてきた愛の理由が、言い争い、道徳的負債、時間の投資、二者間の感情の商取引へと変化する。

愛という感情にもメンテナンスが必要なのだ。すべてが驚くことばかりの私たちの振る舞いのなかで、愛という感情は、長く維持することができるメカニズムをいまだに模索している。

愛とは、大きな誘惑として常に位置付けられるべきではない。もしくはいつ、なんのために爆発するのかわからない時限爆弾のように理解するべきでもない。すでに選択された愛に必要なことは、指を絡ませ手をつなぎ、二人で歩むこと。愛とは経験することだから。

愛とは、単なる想いでも記憶でもない。愛とはより大きなもの、あなたであり、あのひとのことだ。相互の関わり合い。お互いをしっかりと見つめ、呼吸を合わせるなかで育まれるものだ。なぜなら愛もまた生きている。ひざまずき崇められる単なるマスコットではない。あなたは、スウィッチボタンを押すのを延期したい。あなたは生命の鼓動の滞りを解き放ち、負担なく流れるままにしたいと思っている。

そしてあなたは理解している。それは、あのひとがいま与えることのできるものではないということを。

＊

机の上には、これまでに書いた多くの文章がちらばっている。（あなたはいまふと気づく。この文章を書くという行為の不公平さに。文章を書くという苦しみをなぜ自分だけが負わなければならないのかということに。）

もしあなたが泣きわめいているのなら、どうか驚かないで聞いてほしい。

あのひとは、あなたの写真を一枚も持っていない。愛する人の写真をじっと眺めているときの感情を、あのひとは何もわかっていない。写真をみながら、整髪料をつけていないまっすぐな髪に触れる感覚を想像したり、体から発する熱のぬくもりを想像したりすることも知らないのだ。あなたはそれをはっきり覚えているというのに。

あなたのその寂しさ、不本意な感情、弱さを分かち合うことのできるのは、チューベローズの香り、希望を失いさまよう蚊、なすがままに朝に追いやられようとしている夜の闇と、そして力なく刻み続ける壁時計の秒針の音だけだ。

＊

手紙の二枚めまでに、あなたは確信していた。あのひとはきっと理解してくれるだろうと。もしくは少なくとも半分は理解するだろうと。どれだけひとりで決断する別れが困難であるかということについて。

すべては終わってしまったことなのだと、あなたを説き伏せる相手はいない。かけられる言葉も、抱擁も、キスも、立ち去る足音も、ある物事の終わりを決定づけるドラマティックな出来事はない。

その反対に、あなたの考えを改めさせようと荒らげる声もなければ、冷静に「反対だ」という言葉も聞こえない。あなたを再び躊躇させ、もう二度と離れたくなくなるような言葉は聞こえてこない。

そしてあなたは気づく。これこそが、あなたが体験したなかで最も寂しい別れだということを。

＊

この手紙が最後のピリオドに到達したとき、あなたの心に、まだ終わりたくない、その境界を越えたくないというひとつまみの気持ちが残っている。その心に大きな傷を残した出来事について、ともに大きな代償を支払ったあの出来事について、より大きな責任は自分にあるとあなたは感じている。その華奢な体に似合わず、意志が強く他人の意見を聞こうとせず、常に自らの記憶と経験のみを頼りにしてきた。しかし時が経つにつれて、余分な力が抜け、あなたにふさわしい選択ができるようになる。

おそらく、寂しいという気持ちに正直になり、そしてこうした状況に飽きたと感じたとき、そのときこそ、あのひとはきっとやりなおしたいという想いを口に出すだろう。そしてあなたがあのひとを迎えにいく。二人の記憶が、決して崩れることのない頑丈な壁となり二人を守ってくれる。もしくは、ある奇跡が、目指すべき方向を明るく照らしてくれる。あのひとが、あなたの南十字星、羅針盤となり、戻るべき道、つまり、私をみつけるための道を示してくれる。

あなたが感じていることを私は感じている。私は、ともに経験することを心から求めている。私は、あなたへの愛の手紙を書き続けている。決して届くことのない手紙を。

砂漠の雪

Salju Gurun [1998]

一様に広がる砂漠で、二度と砂つぶになってはいけないよ。たとえ、自分と同じような形のものにぎっしり囲まれていることが心地よかったとしても、君がすーっと飛んでいったって誰も気づいてくれやしないから。

何もかもが同じように見える砂漠で、サボテンになんてどうしてなろうと思うのか。たとえ君が緑色だとしても、そこら中にちらばっている。君がしおれて死んでしまっても、誰も忍んで泣いてはくれないよ。

果てしなく広大な砂漠で、オアシスになんてならないほうがいい。自分は唯一無二だと思っていても、上空高く飛ぶ鳥たちは、君のような存在をそこかしこに見つけるよ。

砂漠の真ん中で、永遠の雪になるんだ。朝露だって君の冷たさには敵わないし、夜風も君を吹き抜けるたびに震えるだろう、オアシスも自分のことが恥ずかしくなるだろうし、サボテンはびっくりしてしまうだろう。すべての砂つぶたちは、君がいなくなったり、ましてや二インチ動いただけでも気づくはずだよ。

そして砂漠の隅々まで君の存在からインスピレーションを受けるだろう。なぜなら、君は地獄で凍る勇気を持ち、たった独りでも白くあろうとするから、そう、君は…他とまったく異なるから。

心の鍵

Kunci Hati [1998]

身体には心があり、その心の中には名のない部屋がある。その部屋の鍵はあなたの手に握られている。

その部屋は小さく、中はシルクよりもなめらかで、真心によってのみ理解される言葉で綴られている。

ささやく声は弱々しく、時々、気が付かないこともあるほどだ。ただ、その存在はいつも感じることができ、その部屋に何かあろうものなら、あなたの世界は虹が小雨によってかき消されてしまうように、もろく崩れ去ってしまう。

あなたは知っているだろうか、迷える恋は盲目の世界だということを。その光はあなたが取り憑かれてしまうほどまばゆく、心はあなたが閉じ込められてしまう標的と化す。数々の境界線はあなたが揺れ動く度に膨張していき、賛美のためにすべてを捧げるようになる。そして、その小さい鍵が最も価値のある贈り物だと考えるようになるのだ。

一本の線、それは決して消してはならない。心を開くことは、心を捧げることではないのだから。

その小さな部屋には、客人用のテラスがある。自分の心の中心まで入る権利を持っているのは、唯一あなただけなのだ。

あなたが眠るその前に

Selagi Kau Lelap [2000]

あなたのいる場所で、今は深夜一時三〇分。

あなたの顔はきっと枕に埋もれているに違いない。あなたはいつも左を向いてうつ伏せに寝るから、多い髪は右側に広がり、手はいつも枕の下にある何かを掴んでいるような形をしている。

私はいつもあなたの時間を盗みたいと思っている。あなたの注意を引きたいと思っている。できることなら、今あなたが寝ているそのベッドのシーツのシワの中に入り込みたい。もう三年近くこんな気持ちで過ごしている。正確には28か月。それに30をかける。さらに24かけて、60をかけて、60をかける。さらに60をかける。この計算から導き出せる数字は、4,354,560,000。

この数字が、私があなたに恋に落ちた瞬間から経過したミリ秒。これをナノの世界まで落とし込んで考えれば、さらにファンタスティックな数字が得られる。やってみて。どんなに、どんなに、どんなに、どんなに時間を細分化していっても、そのすべての瞬間にあなたが存在しているって断言できる。

私の時計は、高価なものでなくていい。あなたを見ると私に永遠と死を同時に感じさせてくれる。ロレックスの時計にそんな機能はない。

わかってほしい。この文章はあなたを誘惑しようとしているわけではないことを。正直であることが、すでにしっかりと化粧をしているようなもの、そこにさらに言葉で装飾する必要なんてない。さっきの何十億という数字が、数学的な事実。経験的にも。誰が恋は理屈じゃないなんて言ったのだろう。恋というのは数字と感情の次元を広げてくれる。


あなたの時間は今、深夜二時三〇分。

もう一時間もたったなんて気づかなかった。私の時間の口座にまた216,000マイクロ秒貯めることができました。ありがとう。私はどんどん裕福になる。この数字の後ろにルピア、いや、ドルって単位を足せたらいいのに。でも、あなたに値段をつけることなんてできない。あなたはすべての根源でかつ最先端、そして中心にある存在。神が創造されたもの。あなたを創り出すことができるのは、ドルなんかでも、円なんかでもない。

私は、あなたがどんな風に寝ているのかよく知らない。いつもあなたの側にいるのは、私じゃないから。誰だか知らないけど。でも枕と抱き枕だけかもしれない。時に動かないモノたちの方が、私たちが本当に求めているものを手にしている。私たちはそれに抗うことはできない。私はあなたの寝間着やタオルに嫉妬している。ましてや抱き枕のことを考えると……これ以上はやめておきます。想像するだけでもう我慢できない。何も気にすることなく、ぎゅっと抱き寄せられる気持ちはどんなだろう。それこそが天国。人間はそこに辿り着くために大変な苦労をしなければならないでしょう？　人生は、シナイ山の周囲をまわり続けるようなもの。約束の地へ一直線、なんてことは許されない。

もうそろそろ寝ることにします。あなたに出会える抽象世界へ、あなたを追いかけていく。尿意を感じたり、悪夢でうなされたりして起きてしまうことなく、その場所で必ず待っていてください。

話したいことが本当にたくさんあります。ピクニックに行きましょう。ミルク・バスに入る。ポトン・トゥンペン*もする。それから砂遊びして、コオロギを戦わせて、袋飛び競争をして、折り紙をして、いかだに乗ったり、綱引きしたり、私たちが一緒にできないことなんてないでしょう？　でも、何かを一つだけ選べというなら、あなたに寄り添って眠って、夢を見たい。私の手が枕の下にあって、あなたがそれを握ってくれる。

私は身を丸めて、右側を向いて寝ている。あなたと向かい合わせになるように。あなたが目を開けたとき、そこに私がいる。くしゃくしゃになった私の髪と、シーツの跡がついているあなたの顔。

朝目覚めたときの二人の愛ほど美しいものはない。てかてかした顔、汗の匂い、口の粘り、酸味のある唇…すべてが愛おしい。それでも二人は何も気にすることなく笑顔で「おはよう」ってささやきあう。

［訳注］ ＊トゥンペン（Tumpeng）とは、サフランで色をつけた黄色いご飯を三角のタワー状に盛ったお祝い用の食べ物。ポトン（Potong）とは、切るという意味で、誕生日などのお祝い事の際、ケーキカットと同じく、タワーの先をカットするセレモニーがある。

歯ブラシ

Sikat Gigi [1999]

左から追い越してゆく乱暴な車に頭が吹き飛ばされそうになるのも気にせず、その文学者は、車の窓から首を出し、星が散らばる空を見上げ、一人はしゃいでいた。彼女はいつも、僕には理解できないことで熱くなる。

芝生の上に二人で腰かけると、彼女は、張り切った様子でこんな説明を始めた。「空を見て！　地平線まで真っ黒だわ。だから星と町の明かりが一つになって、まるで一つの面にあるみたいじゃない？　きれいね」

彼女は、あらゆることを、適切で合理的に、かつ可愛らしく聞こえる方法で説明する能力に恵まれていた。僕が、彼女の目に映る美しいものを知ることができる唯一の方法がこれだった。僕は文学者ではないし、比喩的な表現だってできた試しがなかった。彼女に言わせれば、僕は「モノクロ」で、「立体的じゃない」らしい。僕はその言葉を、「実用的」で「現実主義」だと訳した。

あらゆる理屈と論理的根拠をもって、僕は、僕の隣にいる彼女のことを愛している。彼女との付き合いは長い。彼女は僕の親友であり、僕の誇りでもある。エギだ。面倒だから、僕は、愛とかその存在についてなんて考えたくもないのだが、エギはこれについて延々と語ることができる。僕に分かっていることは、僕は彼女のことが気になるということだ。一日中一緒にいたって、飽きない。そして、彼女と一緒だったら、何だって協力していけると信じている。家庭だって築けるだろう。「愛」という名の付いた実態の応用形が、これなんだと思う。それで十分。エギも、それを知っている。

「寒くない?」上着を脱ぎながら、訊いた。

それを聞いて、薄いカーデガンを羽織っただけのエギは、ようやく寒いということに気づいたらしい。自分の世界の深いところまで流されていたに違いない。そこで心が温まり、皮膚の方までじわじわと広がってくるのだ。

エギは、僕の上着に包まって、ちょこんと座っていた。目線がまだフワフワとしている。僕には、エギが考えていることが分かる。エギの呼吸を聞けば、なおさら分かる。でもそれを尋ねるのは、はばかられた。僕が嫌な思いをするだけなのに、あのことに触れる必要などない。

しばらくして、僕らはジャカルタへと戻った。

＊

「最近、頂上まで行ってないよね」エギが、歯ブラシを揺らしながらそう言った。

「最後に行ったのはいつだっけ？」

「六週間前かな？　空と大地が一つになった、あのときだ」

エギは、そんな僕を滑稽だと言いたげに見つめている。「あなたの記憶力は素晴らしい。でも、その言い方じゃ1＋1＝2だと言っているのと同じくらい平坦よ」

歯磨きをしながら喋る声が、洗面台の方から響いてくる。僕は、長ソファに座って足を投げ出し、読書に戻った。エギの歯磨きは、いつも長い。

突然、歯磨きの音が止んだ。今起こっている変化に注意せよ、と静寂な夜が僕に警告している。洗面所のドアは開けっ放しで、エギが泡だらけの口で立ちすくんでいるのが、鏡越しに見えた。

「エギ、どうした？」

口をすすぐ音が聞こえ、水が止まった。

「ティオ、私帰るわね？」弱り切った様子で、僕に近づいて来る。

「ここにいればいいよ。明日の朝送ってあげるから。今から外に出るのも、かったるいし」

僕はあくびをしながらそう言った。エギには、気を遣う必要もない。エギが僕のベッドで寝ることになって、朝起きて一緒にご飯を食べて、家に送るなり、職場に送るなりするとしても、僕らは十分大人だし、恥ずかしがる必要だってない。それほど近い関係なのだ。エギだって、ここに歯ブラシを常備している。

エギは、目に涙を浮かべて、ゆっくりと呟いた。「私、分からない」

しまった、という思いが僕を襲う。エギに危機感を覚えさせるような態度をとってしまった。エギの涙を見るといつも、理屈を並べ立てなければ、という思いに駆られる。でもその理屈というのは、さらにエギを悲しませ、僕はエギを助けられない、いや、助けたくないのだと思わせる代物らしかった。エギが、僕の前では泣かずに、帰ろうとするのも当然だ。

「泣きたいだけ、泣けばいいよ。僕は黙ってる。約束する」僕は微笑んで、彼女の手を引いて横に座らせると、また読書に戻った。

「ティオ…」長いこと固まっていたエギが、僕を呼んだ。「私、歯磨きがすごく好きなの。

なぜだか知りたい？」

虫歯にならないようにかな、歯磨き粉の味が異常なほど好きだから、などと答えてしまいそうになったが、黙っていることにした。

「歯を磨いているときは、歯ブラシの音以外、何も聞こえないから。世界が急に狭くなって…、歯と、泡と、歯ブラシだけになる。他の何かが入り込む余地はないの。でもティオ、分単位で数えると、長すぎるってことよね？」

君が言いたいことは分かっているよ、エギ。僕の愛おしい文学者。その裏に隠された理由が何かをすべて理解することはできないにしろ、文章に隠された意味を読み取る訓練だけは、十分にしてきたのだから。例えば、「涙の原因にしかならない心の傷を、なぜ彼女は持ち続けているのだろう？」とかね。

僕は、同情の目でエギを見つめた。エギは頬を濡らし、声を出さずに泣いていた。僕が本を閉じると、涙の雫はますます勢いを増し、僕は彼女を抱きしめた。

「ティオ…、これじゃ文句も言いたくなっちゃうよね」エギは、やっとのことでそう呟いた。

僕は肩を撫でながら言った。「僕にはやっぱり分からないけど、でも全部君の言う通りにするよ」

こんなときにいつも思うことがある。欠陥を持って生まれたのは、僕なんじゃないか。僕の遺伝子には欠けている言葉があって、だから僕はいつも理解できないんじゃないか。こんなに近くに、妙な言葉——独自の理論と法則を持った愛ある惑星からきた言葉——の大先生、エギがいるにもかかわらず、これを理解できないなんて。

僕は永遠に呪われて、地上に生まれてきた余計な生き物なのではないか、と。

＊

二十七歳の誕生日。友人たちと一緒に楽しんだ後、僕らは二人きりになった。ぼんやりと遠くを眺める目、うずくまる足、荒くなり始めた呼吸。特別な日なんて関係ない。これぞエギだ。

いつだって静寂が、エギをいつもの境界線へと導いていく。僕らがいるこの世界と、僕が踏み入れることができない世界の間にある境界線。あっち側へ渡っていくエギを止められるものなど、ない。

「これ…、君へのプレゼントだよ」僕は、エギが空想の世界へ足を踏み入れる最後の一歩を留まらせた。

エギは驚き、目の前に差し出された箱を見つめている。「プレゼントだなんて、どうしたの？」

「二十七歳って、特別な年だろ」僕はぶっきらぼうに、そう答えた。

エギは、箱の中身を見ると、明るく笑った。

僕はあれこれと説明した。「電動歯ブラシだよ。保証書だってついてるし、省エネだ。歯石予防になるし、付属のブラシがいっぱいあって、それぞれ機能が違うんだ。このシリーズにはね、トラベル用特別パックもあって、鞄に入れて持ち歩いても邪魔にならないよ。これが説明書…」

「ティオ、」エギは、面白おかしさを堪えて僕の手を掴むと、こう言った。「あなたが現実的な人間で、こういうプレゼントを選ぶ人だってことは知っているわ。でも…、なんで歯ブラシなの？」

僕はエギの目を見つめ、ただただ困惑して、どもるばかりだった。「えーっと、それはね…」

ニコニコしながら僕の返事を待っているエギを手に入れるため、咳払いを一つして、僕の発話を邪魔する呪いを遠くに取り払った。彼女の笑顔を見ると、脳内ネットワークに電気がビビッと走る。彼女の笑顔を見ると、この世は十分美しいのだから、天国なんて必要ないのだという確信を持たせてくれる。彼女の笑顔は、僕を満たしてくれる。

「僕は、君の空想の世界でのことはよく分からない」やっと、言葉が出てきた。「君がどんな希望を抱いているのか、一体どんな力が働いて、これほど長い間君のことを留まらせているのかも分からない。でも歯ブラシが、君が帰るためのチケットになるのなら、僕はもっと長い時間歯磨きしていて欲しいし、楽しくなって歯磨きを止めるのを忘れてしまえばいいのに、と思ってる。そうすれば、君は、僕が理解することができる、こっちの世界にいる時間が長くなるだろ？　ここは、僕が君のために存在することができる唯一の場所だから」

エギは茫然としていた。肩で息をしている。遠ざかる。

「エギ、行かないで」僕は不安で、そう呟いた。

「あなたは私の気持ちを分かってるはずよ。そのことについては二度と話したくないの」

「でも現実はこうじゃないか。僕は何年も前から何も変わっていないよ。君だって分かってるだろ…」

「あなたは、私の友達よ…。一番の友達…」エギは、ますます遠ざかって行く。自分自身を閉ざす準備が整ったようだ。

「君はいつまであいつに期待するつもりだ!?」僕は耐えきれず、叫んだ。「君が一番助けて欲しいとき、あいつがいた試しはないじゃないか。あいつは、君があいつのことを想う時間の千分の一しか、君のことを思ってないぞ。あいつのことを忘れるために、三分間君が歯磨きをしなきゃいけないことだって知らない奴だぞ」

「心の中でだけだとしても、彼だってこっちに来たいのよ。彼は、機会があれば真っ先に私を迎えに来るわ。私には、分かるの。彼がいつも私のことを考えてくれているってことが」

「君は、いつ目を覚ますんだ?」僕は疲れ果てていた。

エギは、頭を横に振って、きっぱりと否定した。「これは、真の愛よ。あなたには絶対に分からないわ」

今度は僕が否定する番だ。「これは、盲目としか言いようがない。健康な目があるのに、自ら目を閉じている。君が抱いている寂しさは、消毒薬を使わずに、酢で傷を手当するようなものだよ」

エギは長いこと押し黙っていた。僕を哀れみの目で見つめながら。さっと僕の顔に触れると、「いつかあなたにも分かるといいわね」と言った。

僕が伝えられることは、もう何もない。僕の考えが及ばないレベルで、確信を持っているらしい。僕はＥＴだ。だから、どうやったって僕には理解できない。

僕は、エギを愛している。エギは他の男を愛している。もう何年も、エギをどっちつかずの状態にしている男だ。僕らが共通認識しているシンプルな事実は、そんなところだった。僕の論理に基づく希望は、エギに言わせれば愛ではない。彼女を手に入れたいという僕の希望により、状況はさらに悪化していった。エイリアンである僕に言わせれば、エギの愛は自己犠牲なのだけれど。

僕らのコミュニケーションを繋ぐ橋は崩落した。何年もの間友情を育んできた二人の人間は、一夜にして遠い人となった。たぶん、もうそういう時期だったのだ。

＊

一年近く、エギは僕の日常から遠ざかっていた。自然の美しさを訳してくれる人は、もういない。切れ端の裏に隠れている重要なことを指し示してくれる人は、もういない。生きる意味を明らかにする哲学者たちが書いた文章のベールを剥がすために、僕の長ソファに座る人は、もういない。そして、僕が一番喪失感を覚えるのは、歯磨きの音が聞こえないことだった。

これらのことを合理化しようとすると、いつも同じ結果にたどり着く。「エギに会いに行かなきゃ」と。

エギに会うのは、難しいことではなかった。彼女は彼女のままだったし、夕方、彼女の団地にあるデコボコした公園のベンチに座って本を読んでいるところに会いに行くだけでよかった。難しいのは、僕が今まで気づいていなかったことが何なのかを伝えることで、それよりもさらに難しいのは、それを伝えた後には何の希望も持てないということだった。

「エギ…」

エギは振り返り、彼女の人生に僕が再び現れたことが信じられないというように、目を見開いた。僕が膝をついて冷たい手で彼女の指を握ると、さらに驚いたようだった。「少しだけ。すぐに帰るよ」僕はうなだれたまま、素早くそう言った。

エギは何も言わなかった。彼女の指まで冷たくなっていった。

「僕はこれからも文学者になることはないし、哲学書を読んだら眠くなると思う。僕は、どんなものでも三次元で見る、モノクロのティオのままだ。君のように四次元でものを見ることはできないよ。でも、君のその変な状態って何なのか、今は理解できるんだ…」僕は彼女の目を見つめ、自分自身をさらけ出した。「僕も同じ経験をしたからね。盲目のことだよ。僕は、理屈と論理的根拠だけで君を愛しているのではないってこと、今なら分かる。単純に、君が僕の理想の人だということでもない。そうじゃなくて、僕も理屈では説明できないところで君を愛している。一年間、僕も論理的根拠に合致する他の人にたくさん出会ったのだけれど、でもやっぱり他の人じゃ嫌なんだ。君しかいないんだ。ありのままの君しか。僕が入る余地のない空想の世界も含めてね」

「僕は、計算高くて、損はしたくないティオのままだ。でも、今回は本当に何も求めていない。ただこのことを伝えたかっただけで…、それで…、以上」僕は精いっぱいの笑顔で、告白をしめた。震える膝で重い体を支え、なんとか立ち上がろうとした。

氷にように冷たい手で、エギが僕を掴んだ。

そして、そっと「どこへ行くの？」と呟いた。

「ちょっと歩こうかなって…」僕の答えは定まらない。

「一緒に行く」本をたたむと同時に、エギが短くそう言って立ち上がった。

僕らは公園を後にし、二人で歩き始めた。まるで何事もなかったかのように。寂しく静かな一年間の空白は、感じられなかった。

「私も、あなたがいつも勧めてくれていたように、脳細胞を使って純粋にたくさん考えたの。あなたが不合理だと感じていることを、解釈してみた。で、その結果は…」ぎゅっと握った手が温かかった。エギは、一言ずつ、はっきりとこう言った。「私の心の中は誰にも分からない。でも、私がどこへ行ったとしても、あなたは最も現実的で、最も大切な人よ。帰るために歯磨きする必要はない。あなたこそが、片道チケットなのだから」

エギは、僕がその言葉を理解するまで少し時間が必要だということが分かっていたようで、足を止め、ちらりと僕を見た。彼女が、訳さなくたって伝わるメッセージを送ってくれた。

僕らにとって初めての共通言語だ。

「ティオ、あなたは私の現実の人生に生きてるわ。私はもうどこへも行かない。私とゆっくり歩んでいくのが、あなたにとって迷惑でなければ、の話だけど…」小さな声で、はっきりとそう言った。

その夕方、僕の車まで歩いた短い道のりは、これから始まる新たな長い道のりへの扉となった。

*

エギは正しかった。強制することはできないが、機会を与えた方が良いことはたくさんある。そして、その機会というのは、日々、お互いに与え合わなければならない。僕も正しかった。僕らは二人で何だって築き上げることができた。そう、十何年間の友情だって、一生一緒にいることだって。

エギが楽しそうに歯磨きしているのをソファから見ていると、あの恐怖が襲ってくることがある。いつの日か歯磨きがチケットとしての役割を果たさなくなり、僕が強制的にエギを連れ戻さなければならなくなるかもしれないという恐怖。彼女に対する僕の感情が眠ってい

た

る、不条理な世界——僕は、実はこの世界がとても好きなのだということがやっと分かった——を失うのではないかという恐怖。僕がエギの気持ちと、その理由を本当に理解した後に出てくるであろう恐怖。

僕はゆっくりと起き上がり、鏡の中のエギの背後に映る一つの影に目を凝らした。「ティオ、非合理と盲目だ。僕は彼女を失いたくない」

時代にかかる橋

Jembatan Zaman [1998]

歳を重ねること、それはすべてを理解できるということではない。

大きな木は育つにつれ空に近づいていき、地面からは離れていく。その木は高いところからすべてを見渡せる気がするだろう。しかし、果たして彼はまだ小さかった頃のあの世界を覚えているだろうか？　働きアリたちが巨大な列車のように連なり、天からガラス玉のような露が一粒落ちてくる。空に浮かぶ雲の形や電柱など、まったく気にしていなかったあのときのことを。

まだ小さい頃、蝶々がよく芽に留まりに来ていた。今は、大きな鳥が巣を作り、コウモリの群れが果物にぶら下がる。しかし、だからといって手のひらで伸びをしているにすぎない蝶々を決して侮ってはいけない。何せ今や彼らの言葉を聞きとることもできないのだから。

どの段階も一様にそれぞれに独自の世界を持っている。歳を重ねると忘れ去られてしまう世界を。同じ目線に戻ることはもはやできないが、初めより何かを理解したかというとそうでもない。白髪は我々を全知な存在へと導いてはくれないのだ。

小さな子ども達が笑い転げている事柄を、はたまた矢のように早い時代の変化の中で十代の子ども達を虜にする何かを我々が理解することができるだろうか？ 私たちは確かに上に向かって成長してきた、しかしそれはその場所での話だ。我々の根っこは下へ下へと伸びていき、あまり横に広がっていくことができない。橋渡しをしてもらえなければ決して知り得ないであろうことがたくさん現れる。

謙虚であることでかかる橋、高慢な人間には決してその橋はかからない。

野生の馬

Kuda Liar ［1998］

自由の意味、それは野生の馬たちに聞いてみるといい。

彼らの筋肉が隆々としているのはあちこちに人間を送迎しているからではなく、走ることを愛しているからだ。彼らのケージは自然であり、設置された板ではない。背中に乗るべきものは強制的に置かれた鞍ではなく、愛だ。

彼らは自由だからこそ、美しく生きる。今日は草原へ、明後日は山へ、迷うものなどいない。いつでも自分の望むことが分かっているから、躊躇《ため》いなどという言葉は彼らの辞書には存在しない。何を欲するかは常に明確。彼らが軽快に走るのは、彼らの上に乗る人がいないからだ。

何かに引きずられると我々の疲れは倍増し、何かに挟まれればその時間は重くのしかかる。そして、大切なものを取り除かれると、心の声が聞こえなくなる。

野生の馬たちよ、自由に走り回れ。時間を飼い慣らすには、その方法しかない。たった一度しかない人生の質をできる限り高めよ。

一切れのパウンドケーキ

Sepotong Kue Kuning ［1999］

白い肌が、暗い空とは対照的に見えた。レイは、「俺は男なのに肌が白すぎる」と、よく愚痴っていた。インディには、それがなぜ不満なのか分からなかった。インディは、感心と愛情が入り混じった眼差しで、レイの肌をゆっくりと撫でた。蚕が紡いだシルクのような滑らかさを感じながら、敬意をもって。そしてインディは、その指先に、探していたものを見つける。一切れの甘いパウンドケーキ*だ。その半月型の黄色いパウンドケーキは、レイの顔の横にあった。

二人は、重なり合って寝ころんでいた。二年以上もジムに行っていないという割に、レイの広い胸には、しっかりとした筋肉がついている。レイの胸は硬さがあり、枕のように心地いい。インディは、いつまでもこうしていたいと思った。

その部屋は、真っ暗だった。レイの手は、インディの手を探し求めたが、握りしめられるのはいつも心だった。時折それは強すぎて痛みを感じるほどだった。失う恐怖、残される恐怖、他の人に対する嫉妬がもたらす痛み。他の人…

突然インディは小さく笑った。

「なぜ笑うんだい？」レイが優しく囁いた。まるで、話を聞かれてはならない他の誰かが、この部屋にいるかのように。

インディは答えなかった。レイは、その理由を分かっているると思ったのだ。

美しい旋律の歌のような静寂。

「次はいつ会えるかな…」インディは半分不満そうに、そう呟いた。

「長くて一か月。また何か理由を考えておくよ」

レイの手がインディの手をとらえた。ついに。

「早く会えるように、神様に祈ろう。僕らには、明日、明後日、何が起こるかなんて分からない。状況が変わるかもしれない…」レイが、冷静な様子でそう言った。

インディは神様に祈った。毎晩、同じように祈った。神様はきっと飽きたりせず、むしろこの祈りを、願望を、より一層理解してくれるだろうと信じていた。そこに偽りはなかった。

そして、誠実にやっていれば、それに相応しい結果がついてくるものだと思っていた。

［訳注］＊原著ではKue Kuning（黄色いケーキ）。卵黄やココナツミルク、砂糖などでつくったインドネシアの伝統菓子。

パウンドケーキをもう一つ、丸ごと口に詰め込んだ。苦かった。

今日の二人はツイていなかった。レイは、インディに会いに来ることが叶わなかったのだ。子どもが病気になったので、残して来ることができなかった。インディは、理解していた。本来、そうあるべきなのだ。レイにはレイの世界があり、それはインディにとっても同じだった。

＊

インディは、窓の方を向いてもたれ座り、この世界を評価した。正常で、自然な世界。バランスのとれた人間として自分が存在する場所。夜が来るとインディがどれほど不安になるか、人々は知る由もない。夜は、インディを牢獄へと誘う。自ら進んで入っていく牢獄だ。牢獄でインディは、足枷となり、歩みを妨げる鉄球をつける。それでもインディは必ず幸せになり、この牢獄がニルヴァーナになるものだと信じていた。そして祈り始めた。

＊

二人は、幾つのパウンドケーキをやり過ごしたのか、もはや分からなかった。人生の軸は、重々しく回っていた。インディは、自分自身を嘲笑うことにした。本当は面白くないことを、笑った。

「妻が、君に会ったら君の目玉を引っ掻き出したいと言ってたよ」

痰が絡んだ。「なぜあなたの奥さんは、スナイパーを雇って、私のことを撃たないのかしら。人混みで、自らピストルで撃ったっていいじゃない？　その方が印象的でしょ？　その方が洒落てない？」

レイは、つられて笑った。「偽の手紙は、僕のオフィスに送ったよね？」

二人は、「解消」というシナリオを作らざるを得なかった。逆上するレイの奥さんを鎮めるための現実的な手段だ。インディを苦しめた一通の偽物の手紙。インディは、ただのふりだと分かっていたが、それを書くこと自体が苦痛だった。

二人は、会話を続けた。美しくて貴重な一時間。些細なことを語り、笑い、互いのことを愛おしいと言い合う時間だ。

突然、携帯電話が鳴るのが微かに聞こえた。

「ちょっと待ってて」レイはそう言うと、素早く保留ボタンを押した。

インディは、それが何を意味しているのか、記憶してしまっている。つまり『エリーゼのために』のオルゴールに閉じ込められたベートーヴェンの亡霊と一緒に、少しの間待っていてくれ、ということだ。そう思う度に、心が痛む。クラシックバイオリンの教師であるインディにとって、生命のないオルゴールの音は拷問だ。

「もしもし」レイの声が再び聞こえてきた。暗い声だ。

「もう済んだ？」

「妻が、体の具合が悪いらしいんだけど、もう大丈夫」

しかしインディは、かき消しようのない不安を、レイの声から感じ取っていた。三分もせずに、レイは電話を切った。

「ごめん、帰らなきゃ」

インディにはこうなることが分かっていたので、レイをそっと解放してやった。だって、そうあるべきでしょ？　インディは、鏡に向かって問いかける。この状況やレイは、二人が出会う前に存在した幾つもの選択肢から導かれた結果なのだ。誇りを持つべきよ、と鏡の自分に向かって再び話しかけた。レイは、一度も逃げようとはしなかったし、できなかった。レイは、責任感で、この関係を維持してきたのだ。

インディは、あることに気づき始めていた。鏡の中の自分は、とても長い時間、石のように固まり、切れたままの電話を握りしめていた。胸が苦しくなり、時間が経つほど、さらに苦しさが増した。慌てて呼吸を整える。インディは、呼吸が少しでも乱れるとどうなるのか、分かっている。だからこそ、短期の瞑想講座に参加したのだ。苦しみに身を委ね、溢れ出る二酸化炭素の気泡に包まれた倦怠感を押し出し、入ってくる酸素とともに幸運が訪れることを願って。

吐いて…、吸って…、吐いて…、吸って…。この重圧はかなり手ごわい。そしてインディは…、失敗した。押し出すにはバランスが取れないほどの負荷が掛かり、集中力が途切れた。

雨で氾濫した川の如く、涙が溢れ出た。鏡の中の自分を除いて、他の誰かに見られている訳ではなかったが、インディはしゃくり上げながら涙をせき止め、強くあるために耐えた。でも、インディが最も避けてきたのは、まさに彼ではなかったのか？　泣くのを堪えながら、思いを巡らせた。「鏡の中の自分の姿に罪を感じる人間なんて、私以外にいるのかしら」

インディは、ここ二年の内に、四回も病気になった。医者の診断はいつも同じ。「ストレスですね」

その四回の内、インディは一度だって気軽に彼に電話をして、病気であることを告げ、彼の到着後には、医者に連れて行ってもらったこともなければ、薬や水を取ってもらったことすらない。

インディは、レイが自分に対してだけ、余すことなく全身全霊の愛を注いでくれるので、いつも自分は最も運が良いと思っていた。「まさか私が今まで間違っていたの？あなたが正しかったの？」インディは、鏡の自分に向かって指を指す。実際のインディは、最も運が悪い人間だった。具体的な行動が伴わなければ、愛なんてただのレトリックだ。つまり、今までインディは、嘘に満たされていたということになる。

残りの夜を後悔の念と共に過ごすほどの余裕がなかったので、インディは緊急サポートへ電話を掛けた。親友のアリだ。

アリはすぐに駆け付けてきて、窓枠に腰かけた。一切れのパウンドケーキが、アリの顔の横にあったが、インディが味見をする間もなく、説教が始まった。「だから言ったでしょ？

あいつはもう来ないって。なのに、あんたはまだ我慢してる。バカ！」アリがイライラして叫んだ。「鏡を見て、自分のことを評価してごらん。あんたは優しいし、賢い女の子だよ。こんなことする子じゃない」

「何度も鏡を見てきたけど、確かに私はこんなことする子じゃない」インディは心の中で、そう返事をした。――こんな風に愛するってことは、尊敬の念が大きすぎるんだわ――

「あたしはレイを嫌ってるわけじゃない、あんただって分かってるでしょ。でも、一歩外に出れば、これまで以上のものをあんたに与えてくれる人がいるはずよ」アリは、インディの肩を擦って、いたずらな子どもを諭すかのように、心配と哀れみが入り混じった眼差しでインディを見つめた。「あんたたちは二人ともまだ若い。でも、あんたの方により多くのチャンスがある。こそこそ使われる下足になってちゃダメだ」

神経組織に電気が走るや否や、インディの脳裏に階段の下にこっそりと隠された一足の古い靴が浮かんできた。足が疲れているとき、主人が必ず履く快適な靴だ。でも主人が世界に立ち向かおうとするとき、この靴が選ばれることは絶対にない。主人の同伴者として割り当てられる、格式高い靴が選ばれるのだ。世界は、そういうことを要求している。快適ではなくても、それが義務なのだ。そしてレイは、またまた、責任感が強い人なのだ。

「たぶん…」インディは、もごもごと呟いた。「やっぱり、他の選択肢がない人と一緒にいる方がいいんだと思う。私しかいなくて、苦しいことも楽しいことも、私と一緒に過ごす誰かと一緒に。私は、誰かの代わりじゃない」

アリはホッとして微笑んだ。インディは、長い眠りから目覚めようとしている。

＊

アリと、他の友人たちは、またしても指を噛むこととなった。インディが、諦めるのを止めたのだ。むしろ、インディとアリのゲリラ戦は、どんどん激しさを増していった。一切れのパウンドケーキが、話の満ち引きのメカニズムを調整する役割を担っていた。アリは正確にその変動を把握していたし、インディの「ゴミ箱」のことも分かっていた。インディは、幸せなときにはいつも以上によく笑い、悲しいときにはいつも以上に激しく泣いた。

日課であるお祈りをするとき、インディは、そんなことすべてが滑稽に思え、困惑することがあった。悪人…、破壊者…、私はそんな人と向かい合っているのだろうか。それとも、可哀そうで助けてあげるべき人なのだろうか。招かれざる重圧は今まで通りに存在していたが、インディには耐性がついていた。その目には、もはや涙も底を尽きたようだった。今では、呼吸を整えるのだって簡単だ。

世界は何も変わっていない。バイオリン教室の可愛い生徒や、インディのことを完璧なお手本だと思っているその親たちと共にいるインディは、インディだ。インディは、自分のことを打ちのめすために、様々な恥ずべき汚点の烙印を押してくる他の世界の存在を、寛容の心をもって受け入れた。インディは、そこには間違っていることも存在しているということが分からなかった。彼女が選んだ牢獄は、悪評が生んだ結果を科した。そして、イメージ改善プログラムがあることを期待してはいけないのだった。

インディは、一切れのパウンドケーキに話しかけるため、毎晩、窓際に座った。そして何度も繰り返しこう言い聞かせた。彼が欲しいものは、至ってシンプル。いつだってレイについて来る半分の心だ。それだけなのだ。インディは、彼の心のすべてが欲しかった。雨が激しく降り始め、夜を台無しにした。インディは雷の音と、電話の呼び出し音に起こされた。

「もしもし…」インディのかすれ声には、疑いの念が入っていた。気分が優れなかった。

「妻が自殺未遂した」

インディは絶句した。レイの言葉から一連のシーンを想像し、脳裏に恐怖が広がった。「妻が誰を使って調べたのか僕にも分からないんだけど、確実に言えることは、妻はすべてを知っている。僕たちが会っていることや、この五年間、僕らの関係が途切れずに続いていたという事実を…」

「でもこれが初めてじゃないでしょ? 自殺するって脅しは、前から得意だったじゃない」

インディは、たどたどしくそう言った。

「今回は本当に覚悟していたみたいなんだよ、インディ。精神安定剤を、ほとんど一瓶分も飲んだんだ。遅れていたら危なかった。なんとか助かったよ」

まだ待つべきシーンがある、とインディの五感が囁いた。

「やっかいなことに、妻は、僕ら二人に関する手紙を書いていた。何度も君の名前が出てきて、妻は自殺の原因は君だと言っている…」

——まだ続きがある——、インディの心がそう言っている。——絶対に、まだある——

「みんな妻の味方だ。誰も僕らをかばってはくれないよ」

——これだ——、インディは目を閉じた。——絶対に、これだ——

「許してくれ」

——もう止めて——

「でも、君だってこの状況が分かるだろ?」

——もう止めて。お願い——

「僕は、妻の元を離れるなんて無理だ。考えてもみてくれ、妻の生死は、僕にかかってるんだ! もし僕が去ったら、妻は…」

——もう止めて。お願いよ。お願い——

「約束するよ、君にとって、僕たちにとって、最善となるよう努力するよ…」

——お願い、もう黙って。お願い——

「でも今はできない、今は無理なんだ…」

——黙って——

「インディ、ごめん…」

インディは、瓶の中に精霊を閉じ込めるように慎重に電話を切ると、時間の糸を切るように電話線を抜いた。空には雲がかかっていて、暗い。――君は一体どこにいるの？　苦い君の味をみたいのに、なぜ来てくれないの？　――喉が詰まった。――誠実…、確信…からの報復は、これか――

突然目が見えるようになったかのように、インディははっと気が付いた。あの牢獄が、自分の人生になっていたと。人生そのものになっていたと。そしてインディには、全く準備が整っていなかった。いつもの息苦しさが胸を圧迫し、耐えられないほどに締め付ける。長いことオフになっていた涙腺は、しょっぱい水の玉を激しく押し出し、まるで頬が溶け出しているかのようだった。インディが五年間、毎晩、送り続けた祈りは、遥か上の方から崩れ去り、叱責と後悔の念へと変化し、自分自身に降り注いだ。インディは自分が何を祈ってきたのか忘れてしまっていたが、降り注ぐ雨が止みそうにないところを見ると、多くを願いすぎたことは確かだった。一粒一粒、ナイフのように突き刺さる。インディは、喋りすぎたことを後悔した。

ついには倒れこみ、虚しく床に突っ伏した。どうやって起き上がればいいのだろう？　インディは、とにかくムカムカと吐き気がして、ただただ吐いてしまいたかった。

レイが、窓際で彼女に寄り添うことは、二度となかった。でもあの一切れのパウンドケーキは、常に存在し、時間通りに、罪なく現れた。

＊

何か月もの間、インディは、カーテンをきっちりと閉め、パウンドケーキの存在を認めなかった。恋しい気持ちと後悔の念に対抗すべく、自分自身が作り出した無味の感情に置き換えた。やがてインディは疲れ、降伏した。

年末のある晴れた夜、インディがカーテンを開けると、満天の星空が広がっていた。そして、そこに、あれがあった…。月の初めと終わりに現れ、空の高いところでじっとしている黄ばんだ色の半月。口をきくことのない、人生で最も偉大な指導者。黒い鉄板の真ん中に浮かぶ一切れのパウンドケーキ。

パウンドケーキは、これまでに何十回と皿に盛り付けられ、その度にインディは、これは甘いのだろうか、それとも苦いのだろうか、と予想を付けてきた。今はもう、予想するのはやめた。その夜、自分の感情に再び向き合い、愛は消えたのではなく、変異して新たな意味を生み出したということを認めるために、一歩踏み出した。黄色い月は、妥協することなく回り続ける地球の反射光以上のものではなく、後戻りすることなく進み続ける人生以上のものでもない。

インディは、長い間じっと動かずに、心の持ちようを変えた至ってシンプルな解釈を、ゆっくりと連結させていった。よく知っている鉄球が目に浮かぶ。石のように固まった握り拳が目に浮かぶ。その指が、ゆっくりと開いていく。インディは、何年もの間自分を縛り付けてきた重しを、腰を屈めて自ら外すところを、想像することができた。鍵は、いつだって彼女の手に握られていたのだ。インディは、笑みを浮かべずにはいられなかった。失ったと思っていた心の半分は、どこにも行っていなかったようだ。太陽と月がその面を入れ替える、ただの明暗ゲームだった。

その夜インディは渡った。彼女は、愛を失うことを恐れずに、愛することができるようになったのだ。

再び自立することとなった、インディアナへ。

沈黙

Diam [2000]

静寂の夜。君の沈黙が空気を伝わり、この世界の、すべてのものに音を出すことをためらわせる。この4×6メートルの世界に、僕たちは二人きりで腰を下ろしている。

君は腕を引っ込める。まるで僕から遠ざけるように、自分の体をぐいと引き寄せる。大丈夫だよ、分かってる。悲しみが君に熱をもたらし、両腕を下ろすと寒く、引っ込めると汗ばんでしまうということを。君のことが必要ないという意味じゃない。ずっと前に君が僕に教えてくれたことだ。

分かってる。悲しみはいつも、君を母親の胎内に戻りたい気持ちにさせることを。一人きりで心地よくひざを抱え座っていたあの場所に。実際は一人ではなかったけれど。世界は常に君の周囲にあった。そして僕は君の横にいる。でも、君は独りだという感覚を求めている。

君の沈黙は、僕を我慢の限界へと連れていく。結局、僕は虚空で喉をつまらせる。君の沈黙は一点の汚れも許さない。息を呑みこむ。あとで川に流すために包み、ポケットにしまう。

僕たちが悲しみに暮れて座っているこの4×6メートルの世界が、次第に騒々しさに囲まれ始める。ぶつぶつと文句を言う声、咳払いや舌打ち、そして僕を震え上がらせる叫び声までが僕の耳に入ってくる。すすり泣く声まで聞こえ始める。それでも君のシルエットは完璧なまでに沈黙を保っている。

一体どうやって君はその身体を、感情を閉じ込めておく籠にできるのだろう。感情こそがこの肉体の檻であるはずなのに。君の沈黙の中に僕はたくさんの声を聞く。君の沈黙は雄弁だ。見えない君の涙は、時を打ち破り、独特なかたちで僕に近づいてくる。こっちにおいでよ。その涙を拭ってあげたい。君の眉に優しく口づけをする。そして、君の頭を僕の膝の上にのせる。こっちにきて…

君と僕は同時に大きく息を吐く。もう苦しくない。動くものはまだ何もない。でも、沈黙は、別の沈黙によって追いやられたのだ。

天気

Cuaca [1998]

天気のことについて書いてみる。

私たちにとって天気とは隠喩だ。天気についてたずねることはつまり、互いに伝えたい別のことがあることを意味している。


「君の天気はどう？」

「私は青よ」

「僕は灰色さ」


天気という隠喩は、私たちを結びつけるものでもあるが、反対にプライドによってお互いを遠ざけてしまうこともある。言外の意味を読み解こうと、互いに探り合い、深読みを繰り返すなかで、私たちは罠にかかる。


「君の天気はどう？」

「快晴よ。雲ひとつないわ。あなたは？」

「澄みきっていて、まぶしいくらいさ。雲ひとつない」

私の心は、顔をしかめている。なぜなら嘘をついたから。あなたの心は、言葉をうまく選べない。なぜなら嘘をつかれてしまったから。それでも結局、私たちは同じことを繰り返す――真実ではない青空をあなたにみせるのは、曇り空をみせるのは気が引ける。

幾つもの天気の話を積み重ね、真実は隅へと追いやられてゆく。しかし最後には嵐がやってきて、すべてを吹き飛ばし、あとには輝く真実が残される。その真実の輝きは私たちを温めてくれるのか、もしくはすべてを焼き尽くしてしまうのか。それは誰にもわからない。

ラナの憂い

Lara Lana [2005]

数字の羅列が白い紙から飛び出し、ラナの目に突き刺さった。驚きと恐怖の光線が走る。覚えられない不規則な数字の並びは、古い記憶を呼び起こすと同時に、新たな意味を与えてくれる。——彼が新しく、私が古い。

待合室に来ると必ず、心の中のジレンマが刺激されるのだが、こんなことは初めてだ。ラナは、ついに電話を掛けようと、動き出した。いつ戻って来られるのか、果たして自分自身は戻るのかどうか、たぶん確信を持てずにいたからなのだろう。

ラナは、記されている十桁の数字の内、最初の四桁を押した。胸の鼓動が速すぎて、痛いほどだった。唇は不安で震え、これから起こることを想像した。まず、呼び出し音が鳴ったら、最後の記念写真を撮るときのように、体勢を整える。夜にかき消される前の夕日を追い払うほどはつらつと、「元気?」と言う。二人の会話が、最も楽しかった会話として歴史上に残るよう、眠りに落ちる前に毎晩心の中で練習してきた通りに、ラナは適切な順番で、一連の社交辞令を発する。

その後に、あの感情だ。愛おしい気持ちを、注意深く、小出しに伝えれば、下劣なものだとは思われない。パーティードレスに身を覆う娘のように、メタファーに包まれた愛おしい気持ちは、やがてダンスフロアーへと優雅に放たれる。可愛らしく誘うが、恥じらいを忘れない。そんなことを何日も、いや、何年も練習してきた。

後ろから数えて、二桁目の数字。突然凍り付いた瞬間に、指が止まる。その瞬間、ふと、二十三年間の友情が思い浮かんだ。「彼はいつもラナを称賛している」と、皆がそう言った。しかし、二人はこれ以上突き詰める必要のない理由で、一緒にはいられなかった。「あんたは、BMWのエンジンを積んだ三輪タクシーだ」ラナは追いつめられたとき、彼のことをそう表現した。

ラナは、三輪タクシーのエンジンを積んだBMWをたくさん知っていたが、それをひどく軽蔑していた。真の恋人としてラナの横に並ぶのであれば、見た目も中身も、ヨーロッパの高級車でなければならないのだ。ユニークで、グラマーなラナ。「あんたは、私の知能の使いっぱしりになれれば十分」ラナは、彼に向かってそう言った。二人はすぐさまケラケラと笑った。二人はそんな例えが好きだったのだけれど、食べてしまいたいほど可愛らしくつぼむラナの口から「使いっぱしり」という言葉が出てくる度、彼の心は折れた。

彼は、神通力のある勇者に、一人のリーダーに、そして人類の進歩のために偉大な発見をする裕福な知識人になりたかった。ラナは、月に秘密のコロニーを建設するために、火星人から技術を獲得する活動を行う超エリート集団のメンバーになりたかった。二人は陰謀説を信じていて、自分ででっち上げた情報を、定期的に交換し合っていた。これほど完璧にラナを癒し、ユーモアで満たし、空想力を試すことができる人は、他に存在しなかった。

大学時代を、二人は別々の場所で過ごした。彼はインドネシア大学に進学することとなり、レンテン・アグン（Lenteng Agung）にある叔父さんの家の台所に間借りせざるを得なくなった。叔父さんには子どもが八人もいたので、台所以外に布団が敷けるスペースはなかったのだ。ラナは南カリフォルニア大学に進学し、ロサンゼルス（Los Angels）に住むことになった。同じ「L.A」だから、説明されなければ階級の違いが分からない、と二人はいつも冗談を言い合った。でも、LとAの文字という些細な一致が、時として、抑えようのない恋しさを癒す唯一の手段となっていた。

ラナは、南カリフォルニア大学を中退したが、それは大した問題ではなかった。一家のビジネスが忙しすぎて、ラナの学位を待つほどの余裕がなかったのだ。学位のために学費を分割払いして、奨学金のために多くの扉をノックし、ラナほどの大金持ちを生み出すことは到底ない、厳しい学問の道を歩む挑戦へと戻った彼とは、大違いだった。

彼が大学講師となり、まだ沼地が残っているような大学所有の住宅地にある三十六タイプのローン払いの家で質素な暮らしを始めたとき、ラナは引っ越しを手伝った。さらに、そこに泊まり、ござの上で一緒に寝た。何の飾りもない白い壁に、テレビの光が賑やかに映った。ラナは月にコロニーこそ持っていなかったが、テレビを贈るには十分すぎるほどの収入があった。

ラナは、一週間そこにいた。「二十四時間×七日間、誰かと一緒に過ごして飽きなかったら、その人とは結婚できるってこと」ラナは、そんな理論を立てた。ラナの話を聞いて、彼は涙を流して笑い、つられてラナも息が止まるほど笑った。「僕が君と結婚するなんてあり得ないよ」彼は、二人の笑いを遮ってそう言った。そこでラナはやっと気が付いた。二人が一緒に笑っていたのは、違う理由によるものだったのだ。

ある日彼は、彼女ができたと言った。まだ一週間だそうだ。純朴で、ぎこちなく、面白げのなさでは最低レベルにいる女の子だった。ＵＦＯを信じず、コー・ピン・ホーは好まない。

食卓に食事が並ぶ間、一日五回アザーンが響く間、そんな日常に、国際的な陰謀が存在するのかしないのか、そんなことに興味はない。「なんで好きになったの？」ラナは訊いてみた。「彼女が、僕がいいって言うからさ」と、彼が答えた。笑いがこみ上げた。激しく、長い笑いだった。彼はただ微笑み、ラナの笑いが止まるのを待っていた。「結婚しようと思ってる」静寂が訪れたとき、彼はそう続けた。「知り合ったばかりの、面白くもない、あんたのユニークな考えを尊重することもできない、一晩中冗談を言ったり空想したりすることもできない人と、どうやって結婚するのさ？」ますます面白くない会話に、怒ったラナが問いただす。

彼は何も言わず、疲れた様子でラナをじっと見つめていた。彼は、不確実なことを待つことにうんざりしていた。彼は、無能な者になることに、疲れ切っていた。「人間やれば何でもできる」というのがラナの考えだった。でも、そんなラナ自身は何もすることができなかった。二人の状況はあまりに遠くかけ離れていた。ラナは、この人が生まれたのは、奇跡に違いないと思うことがあった。何もかもが不足している、時代遅れ、保守的、田舎臭い。そんな社会的閉所恐怖症を表すありとあらゆる形容詞がお似合いの環境が、知的で最高の彼を生み出すことなどできるはずがない。彼はまるで、二つの世界――ラナがいる世界と、ラナがいない残りの世界——に引き裂かれてしまったかのようだった。

ラナは、彼の番号が最後に携帯電話に表示されたときのことを覚えている。「明日、プロポーズしようと思ってる。祈っててくれ」ラナはゾクっとして、こう言った。「何を祈れって？」人生は、私たちが、肉となりこの世に生まれる前に、魂の間で交わされた契約に基づいて進んでいく。何事も、幸運や不運ということではなくて、定期的に契約が履行されているに過ぎない。ということは、その不運が前もって計画されていたことだとしたら、それを不運と呼ぶことができるのだろうか？ ラナは、あるストレスに利く瞑想センターでそんな概念を初めて聞いたとき、更なるストレスを覚えた。

結局ラナは、自制心を失い、電話を掛けた。「お願いだから、プロポーズなんてしないで。もしあんたが結婚したら、私は世界で一番孤独な人間になる。必要なら、私があんたのご両親に結婚を申し込む。自分に嘘をつかないで。本当のあんたを分かっているのは、この私だけだよ…」

彼は、それを遮った。冷たく、まるでラナが知らないよそ者の魂が入り込んでいるかのようだった。「今まで君が見てきた僕は、君の希望に沿ったバージョンの僕だ。君だから、僕はああだった。君は本当の僕なんて見たことない」

ラナは否定した。あり得ない。電話を掛け間違えたのかもしれない。これは何の契約だろう？ 高校からのクラスメイトで、いつも二つに分裂した一つの魂――ソウルメイト――だって言い合っていた彼と、本当に同じ魂？ ラナは電話を切った。――騙された。契約違反だ。

上の子はもう小学校に入る頃だが、彼らはまだあのときと同じ家に暮らしている。ラナは、それを、同窓生から聞いた。「で、君はまだ結婚しないの？」その友達が慎重に質問してきた。ラナは、嫉妬心を煽る表情で、軽く否定した。そこには独立があり、他とは違うものになるための受容と勇気があった。「確かに、昔からすべてを持っているのは、ラナだけだったよね」友達は、心の中でそう言った。ラナと仲良くするということは、涼しい水の中に放流されるような感じなのだが、その涼しさは暫くすると恐ろしい寒さとなり襲ってくる。離れ離れになった数々の魂が再び出会うべく集う盛大な同窓会で、魂の片割れを失ったラナを置いて、友達は行ってしまった。


最後の桁は、ゼロだった。生きている間にラナが集めた山のような心のゴミに負荷を掛けられているかのように、親指が震えた。そして、心では色々と推し量っていた。「自分自身と、彼と、世界に向かって、『私は大丈夫だ』と証明することができたら、今よりも平静になれるのだろうか？」

電話での一回の会話が、それを証明する。薬のふりをした毒の化学療法で体が蝕まれる前の、服用一回分の正直。

親指はゼロの上を浮遊していた。「正直こそが、真の薬だ」甲高い合成音が、閑散とした待合室にこだまする。最後のボタンを、押した。「私はあなたを愛してる。それはこれからも変わらない」

ラナが選んだ赤いボタンは、青く光る携帯画面の九桁の数字を消した。制服を着た女性がラナに近寄って、こう言った。「ミスター・マウラナ、飛行機にご案内します」

ラナは急がなかった。その手はゆっくりと厳かに動いた。飛行機は、一人の受刑者が、長年折りたたまれて、同じ場所で待っていた紙切れを、また折りたたんで、財布の中にしまうのを、待っていてくれるに違いない。そしてラナは、準備された車いすににじり寄った。

「大丈夫ですか？」ラナの目を見て、担当官が言った。

ラナは、嫉妬心を煽る表情で、ほんの少し微笑んだ。そこには正直があり、他とは違うものになるための諦めと勇気があった。でも、まぶたに映る数字のゼロに似た、丸い形の雫もあった。ラナは、その丸いものを手の甲で拭った。「大丈夫だ」

赤いろうそく

Lilin Merah [1998]

時にひとりぼっちは最高の誕生日プレゼントになる。静寂は深い思考を生み、やがて時の創生の秘密にまで迫る。

静寂は想い出を浮かび上がらせ、消え去ったはずの愛を呼び起こし、怒りを宙に浮かせ、成功の甘さと失敗の美しさを反芻させる。静寂は私たちを映し出す鏡になる。そこに映るものが好きか嫌いかに関わらず。

赤いろうそくがグレーズの上に立派に立ち、灯る火は新しくなったばかりの歳を照らす。だが、息を吹き終わったら、ろうそくはゴミ箱へと捨てられる。火の温かさは導火線一本分のみで、すぐに消えてしまう。

火のない祈りはケーキやお菓子を食べる度にあなたの心を温めてくれる。それは決して腸などで消化されることのない、心にとっての栄養素。導火線のないろうそくが心に火を灯す。その火は世界が暗闇に沈んでしまったとき、あなたの道を照らし出す。

幸せであれ。あなたは、本当は毎日でも誕生日を迎えることができるのだから。

スペース

Spasi ［1998］

どんなに美しく書かれた文字も、間隔がなければ意味をなしません。そこにスペースがなければ、果たして理解できるでしょうか？

そこに距離がなくて、私たちは動くことができるでしょうか？　それぞれの空間があるからこそ、互いに愛し合えるのではないでしょうか？　互いに愛を与え合えば、必然的に二人の距離は縮まっていきます。だからといって、締め付けるに至っては意味がありません。その綱を離さなければ。

呼吸というのは不可分な一対の肺があってこそ、深くなるものです。二つと無い心臓があるからこそ、血液は勢いよく流れます。心は分裂しませんが、同じ方向を向いている心とは引き合うものです。だから、愛という名の下にどうか私を疲弊させないでほしいのです。

言い争いではなく、話し合いで先を決めましょう。自分がつまづきたくなければ、お互いに堰き止めてはいけません。

私の手を取って、でも強く握りすぎないでください。なぜなら、私は引っ張られたいのではなく、共に歩きたいからです。

設計図

Cetak Biru [1998]

それぞれの想像の中にある建物が存在する。それは設計図に命を吹き込むためにつくられたものだ。ひとつずつ、丁寧に想像の石を積み上げられ堅固な基礎を築き、強力なセメントで固める。その後、その建物は整備され完成したのち、現実世界に誕生する。

それぞれの想像の中で、多種多様な建築計画が存在し、素材の選択肢も様々にある。質素な掘っ建て小屋で満足する者もいれば、高層ビルがあってはじめて満足する者もいる。

数百万という建物の中に、あなたの建物があるか確認してほしい。目立つものでなかったとしても、それが本物であればそれとはっきりと分かる。未完成の建物のまわりにはたくさんの石が放置されていたり、他人の家のテラスに多くの人々があがりこんでいたり、助走だけで現実となる建物なんてないのだから。

夢から手は伸びてこない。が、望めばいつでもそこに存在する。嵐が来ようと、炎があなたの建物を呑み込もうと、その基礎は決して崩れることもなければ、燃え尽きて灰になることもない。夢はただ、あなたから差し伸べられるその手を、あなたの強き心を待っている。

そして、あなたからの設計図を待っている。

ブッダ・バー

Buddha Bar [2005]

ネリー、プロボ、オーメン、ジャック、そしてブジョー。

彼らはいつも五人だった。彼らは若く、独身で、そして人生を謳歌していた。五人は親友だった。彼らはこの世界の王だった。

王といっても彼らがみな男だったというわけではない。ネリーは女だ。№2といったニュアンスで女王と呼ばれることを彼女は好まなかった。五人はみな同じ立場だった。まだ卒業式のガウンのにおいがするほどフレッシュな彼らは、大卒にもちっぽけな給料しか支払わない大企業に雇われる労働者だった。たくさんの誘惑に満ちたこの場所で、五杯のテキーラ・ショットを彼らは同時に飲み干す。そして陶酔が訪れる。昨日の夕方もらった手持ちの給料の残りを、ひとつまみの塩とライムとともに使い果たそう。ベースの低音の響きとドラムのリズム、そしてインドの女性のバックコラースで今夜も飛ぼうじゃないか。そうした音に包まれた空間が彼らを虜にする。二つの文化の融合。ブッダとバー。テキーラとカチャン・バワン*。ダンスとマントラ。

五人が集まると、そんな風にすべてのものが調和し混ざり合う。四人でも三人でもだめだ。ましてや二人でもなく。

＊

プロボはヘルメス神の信奉者だ。プロボが中心になれば、この空間は何倍速もの速さでまわりはじめる。プロボが素早く目の前を横切っていくのを捉えようと、ネリーはまばたきさえできない。細身だがしなやかで引き締まった男性的な筋肉が躍動し、身体をよじらせる。煌々と輝き、暖かみのある眼から無限の愛がほとばしる。プロボは、何よりも自らの身体の美しさを愛している。もし可能ならその自慢の身体をみずから舐めまわしていることだろう。鏡に向かいながら、鏡に映し出された踊る自分の姿に夢中になっている。同時に彼は例外なく周囲の者のすべてを愛している。プロボにとって他者という観念は存在しない。彼は、我々は一つだと信じている。神と彼自身も同一なのだ。

ネリーの体を引き寄せ、その身体が発する熱と汗の匂いに包まれながら、プロボが愛の言葉を耳元でささやくとき、ネリーの魂は浄化する。その愛が、ただ自分一人のものだけであっ

［訳注］＊ガーリック風味のピーナッツ。

たならと彼女は考えてみる。しかし彼はすべてを超越しているのだ。愛について語るプロボは、信者に対し愛について説教する預言者であるかのようだ。

プロボを独占することは誰にもできない。真剣にネリーを抱きしめたその五秒後には、素早く彼女から離れ、求める者たちを抱きしめ耳元で愛の言葉をささやく。ネリーにできることは、その後ろからついていくことだけだ。プロボ！　脱水にならないように水分をしっかりとってね、と叫ぶことくらいしかできない。彼女の手はいつもスティックライトを握りしめ備えている。プロボがまぶたを震わせ、ネリーのダンスの虜になる機会をうかがいながら。

＊

オーメンは、体は男性であるが心は女性だ。しかしその女の心を持つオーメンは同性愛者だった。だからオーメンは、男性の身体を持ち、女性を恋愛対象としている。身体のエナジーの九〇％が女性で、一〇％が男性だとオーメンは説明する。「パブロフの正しさを証明するのには十分でしょう？」と、愛着ある体のなかで唯一違和感を持つペニスを指し示しながら、うふふとオーメンは笑う。オーメンに親しみを感じない者などいないだろう。女であれば、誰でもオーメンのそばにいることを居心地が良いと感じるはずだ。オーメンは、人々の愚痴を聞けば必ず、何もせずじっと待つようにとアドバイスした。人類の最も優れた能力は、行動することではなく、沈黙することにあるのよ、とオーメンは、プロボに対ししばしばそう諭した。

ネリーはオーメンが言うような沈黙できる人間でありたいと願う。女神ヘスティアーのような落ち着きのある人物に。そうありたいと誰でも願うだろう。オーメンは、彼の耳を必要とする人々に完全に奉仕することができるよう、ドアも窓もきっちり閉める。オーメンは、たとえワールド・カップの中継の最中でも、もう十分だわ、と言ってテレビを消し、彼自身のなかの神と心穏やかに向き合うための瞑想をはじめるような人間だ。ワールド・カップは四年に一度しかなく、瞑想は一日に四度も機会があるにもかかわらず。そのような落ち着きのある人間になれるのであれば、いくら払ってもよいとネリーは願っている。

たとえていうならオーメンは公衆電話のような存在だ。硬貨を挿入してはじめて通話可能となる。それ以外の時間はずっと深い眠りについている。たとえ地殻がずれてもオーメンの頭の位置を枕から動かすことはできない。そしてオーメンは胃拡張だった。一〇%だけ排泄のために残し、そのほかのすべての穴は食べ物を吸収するために存在しているかのようだった。オーメンに対するネリーの不満は、オーメンが寝はじめたら簡単には起きないこと、オーメンが飲み散らかしたミルクパックのゴミを拾い集めなければならないこと、落ち葉のついたカーペットを掃除しなければならないこと、そして真夜中にゴミを焼いたことをオーメンの母親が気づき怒る前に、部屋に芳香スプレーを噴射する必要が生じること、ただそれだけだ。

*

その夜はジャックのアイデアだった。それでテキーラと、レモンと塩だった。他の仲間たちは二杯目のショットでやめた。一杯でやめるものもいた。でもジャックは違う。耐えられないほどの頭痛がはじまるまで飲み続けた。その段階にいたるまでにとてつもなく長い夜を必要とした。

五人はしばしば議論をした。ジャックは一度も議論で勝ったことがなかった。仲間はジャックを臆病者と呼ぶ。なぜなら政府に祝福される、すなわち法に守られた場所でのみ強気でいられたからだ。一方でジャックは非経済的で非効率的なことを好まなかった。ジャックは面倒ごとが嫌いだった。彼が声をかければ、四人はいつも集まった。彼を煙たがる者はいない。ジャックは、数字や貴族が描かれた、積み上げられたトランプカードの中のジョーカーだった。どこにいてもその存在を見落とすことはない。

笑うことは、ストレス軽減の最良の療法だ。洗練されたアンチエイジング・セラピー。すべての有益な笑いは、ジャックのオーラが届く範囲にいれば必ず得ることができる。ジャックと過ごすことは、一晩中笑いに包まれることを意味する。ジャック《Jack》・オン《on》・ザ《the》・ロック《rocks》。もっとも息のあったコンビネーション。もっとも優れた良質なエタノール。

もしこの一度きりの人生を、肯定的な明るさで埋めたいのであれば、ネリーは迷うことなくジャックを選ぶ。しかし人生とは奇妙なものだ。人生を肯定し、明るさで埋め尽くしたいと思っている一方、もう一方の自分はそれを拒否している。悲観的な気持ちでいるための空間をどこかで必要としている。失望と哀しみの涙を流す場所。そんな空間と時間を必要としているとき、ジャックの存在は困惑でしかない。ジャック・オン・ザ・ロック——ジャックの存在は、弔意を示すための場所を持たない葬儀のような存在。だからネリーはためらうのだ。氷を指でまわし、グラスを揺らしながら。

＊

ブジョーがなぜ彼らの仲間なのか。それは明白だ。この空間にドラムとベースが必要なように。インドの女性の唄声が必要であるように。人々の心臓の鼓動とＤＪのリズムの融合。ブジョーは、計算し尽くされたサウンドシステムから生み出される音楽を楽しむためにここにやってくる。それがすべてだ。彼らの中にいるブジョーは、悪党のアジトのなかの処女のごとくだ。先祖代々、世界の汚れを洗い流してきた聖なる処女の系譜――。ネリーはそれをよく分かっている。

この小さなグループのなかで、ブジョーは治安維持のためのマスコットだ。聖者ブジョー――仲間は彼のことをそう呼ぶ――を彼らは決して欠かすことができない。ブジョーはトイレでつぶれているジャックを警備員といっしょに担ぎだし、整体師の技術を駆使しブロボの身体を癒し、あちら側の世界から帰ってこないオーメンに代わって仕事の一部を引き受ける。ブジョーのいない奴らは、三本しか足のない机だった。

他方で、ブジョーもまた、彼らがいなければ一本の木材にしかすぎない。君の手が一本の木材を手にするとき、多くの質問が立ち現れてくる。あなたはそれを使って何をしたいの？ ネリーはいつも自分自身にそのように問いかける。そして彼女が選ぶ答えはきまって同じだ。ブジョーは、彼らがいないとただの一本の木材にすぎない。

＊

そんな風にして五人の調和が保たれている。彼らは五人でなければならない。四人でも三人でも、ましてや二人でもなく。ネリーはただそれを受け入れている。ネリーのいない彼らは、彼らを賞賛するファンのいない、ただの四本足の机にすぎない。

チョロのリコ

Rico de Coro [1995]

1.

僕は、そこら中に木彫りが施されているアンティークの木製テーブルで生まれた。ガラスを載せたこの丸テーブルは、母さんが亡くなる前、最後に立ち寄った場所となった。母さんが殺虫剤をかけられて亡くなる前に、木彫りのくぼみのところに僕の卵をしっかりと産みつけてくれたのが幸いだった。そうでなければ、僕は、このミラクルな物語を体験することはなかっただろう。

僕は、恋に落ちた。そして、これは僕にとって、また僕の国家にとっても、重大な問題だった。僕が愛する女の子は、可愛らしい顔の人間で、名前までもが可愛い。サラだ。髪はちょうど肩くらいで少しカールしていて、肌の色は明るく、いい香りがした。僕が厄介になっているこの家で、彼女は一番優しい人間だ。しかし、僕の国家にとって彼女は、一人の殺人者に過ぎない。

サラは絶対に殺しなんてしないと、僕は知っている。「もしチョロを見つけたら、五メートルの距離を保つ。そして、チョロが逃げ出すより先に、わたしが大慌てで逃げ出すわ！」と目を丸くしながら、皆に話すのを、よく聞いているからだ。とても美しい。

実際に起こっていることも、その通りだった。これまでのところ、僕らのことを追いかけてくるのは、お手伝いのイパーおばさん、ハルヤント夫人とハルヤント氏(この家の持ち主)、ダフィッド（サラの兄）、ナタリア（サラの姉）だけだった。サラには、自ら僕らに構う勇気はなかった。台所にある王国に近づくときには、サラはいつも誰かに一緒に来るよう頼んでいた。

僕はますます確信を深めた。彼女は、実は僕のことが好きなのだと。僕が食器棚にとまっているのを見つけると、サラは毎度、直立不動となり、走って出ていく。彼女は僕を傷つけたくないのだ。

父さんは、全然分かってくれない。確かに、父さんの立場からすれば、難しいのだろう。父さんは、国王として重い責任を背負っている。将来僕を跡継ぎにすることを望んでいて、僕には到底ないカリスマ性を備えていた。父さんは、唯一無二の高貴なチョロだ。大きくて強い森チョロと、賢い家チョロの混血なのだ。昔、父さんは中央市場へ運ばれる野菜に身を隠し、森から都会へ上京してきたのだが、どういうわけか、この家に辿り着いた。幼少期をテレビ近くの穴で過ごしたため、賢く、文化的で、広い視野を持つこととなった。父さんは、すべてを、あの色とりどりの電子的な箱から学んだのである。

これまた父さんは、僕ら全員に名前を付けたので、僕らはトイレの穴からよく現れる排水溝チョロとも一線を画す。「トイレチョロというのは、文明化されていない。彼らは、未だに、チョロがアイデンティティーを持たない原始的な時代を生きている。しかも彼らの体の臭いと言ったら…プハー！　耐えられん！」といつも言っている。父さんは、僕らの体の方がいい匂いがすると信じている。少なくとも僕らは、最終廃棄物ではなく、残飯の周辺を飛び回っている。

父さんは、自分自身に「ハンター」という名前を付けた。以前父さんが気に入っていた映画に出てくる、強靭な登場人物から取ったものだ。父さんにとって、この名前は最強なのだ。レネガーデ、ディメンション、マリマール、ベラ・ヴィスタ、ラウリエール、グラーデなど、父さんの宝庫には、素晴らしい名前がたくさんある。すべてテレビから取ったものだ。僕を除いては。僕の名前には、他の人とは違った経緯がある。

当初、僕には、タック・ティック・ボーンという名前が付けられる予定だった。父さんは、面白みがありつつも利口で戦術的な感じに聞こえるこの名は、チョロにぴったりだと言った。国王候補の一匹にぴったりである。しかし、僕のアイドル、サラの口から発されたある名前を聞いて以来、すべてが変わった。

あれはお手伝いのイパーおばさんが、ハルヤント氏が大事にしている、つがいのアロワナに餌をやっているところだった。その餌は一匹の…（ごめん）チョロだった。幸い、彼は僕の知り合いではなかった。彼は、トイレで捕獲された不運なチョロだった。

本来、チョロ同士でその光景を見るのは、タブーとされている。「不幸をもたらす」そうだ。僕らまで短命になってしまうかもしれない。でもあのときは、僕のサラがそこにいて、水槽の横で可愛らしく笑っていたので、僕は自分を抑えることができなかった。

魚の国の者たちにとっては、ちょうど結婚の季節だったようだ。父さんによると、一つの水槽に二匹のアロワナを入れると、互いに殺し合うことがあるそうだ。しかし、あのときは確実に、愛と平和の風が吹いていた。自分のシルエットを見ると、それを千切りにしたい衝動で気が狂いそうになる二匹の魚が、今はなんと…求愛している！　彼らの行動は、原始的そのものだ。

「みんなに名前を付けようよ」サラが、一緒に見ていたダフィッドとナタリアに言った。

僕は感動した。サラは、なんて父さんと似ているのだろう。

その可愛い少女は少しの間考えて、「近所の子たちの名前を使えばいいんじゃない？」と叫んだ。

「いいね！　いいね！」ダフィッドとナタリアは、やる気満々で答えた。彼らのやんちゃな脳みそは、すぐに回転し始めた。

「アロワナは、ミッチェルとメイティと名付けよう！」

「餌にだって名前を付けなくちゃ！　ムカデは、アントでどう？」第五自治会のアント・スウィルヨという、いつもビー玉遊びでズルをするのだが、体が大きくて対抗することができない幼少時代からの宿敵を思い浮かべて、ダフィッドが目をキラキラさせながら提案した。

「蛙は…インドラ！」

「小魚たちは…ニノ・エン・デ・ゲン！」

通りがかったハルヤント夫人まで加わった。「チョロの名前は何て言うの？」

さっきから黙っていたサラが突然声を上げた。「チョロか…リコ！　可愛くない？　チョロのリコ！　Rico de Coro!」可愛らしい動作をしながら、そう言った。

リ・コ…リコ…なんて美しい名前なんだ！

「ばいばーい、リコ」サラは手を振りながらゆっくりと言った。イパーおばさんが不運なチョロの触角を放すと、すぐにお腹を空かせたアロワナに余すことなく食べられてしまった。ミッチェルとメイティのどちらが食べたのかは、分からない。僕はもはや、そんなことを気にも留めていなかった。僕の頭の中にあったのは、あの名前だけだった…考えてみて欲しい、サラは一般庶民のチョロにも名前を付けたのだ。

僕は、詐欺師、盗作者などと呼ばれたとしても、僕の愛する人から発された名前が、よく分からないチョロの命と共に消えてしまうのを放っておけなかった。あの瞬間から永遠に、僕がチョロのリコという名前を継ぐことについては、どうかそっとしておいて欲しい。

＊

ある晩、ＬＰＧガスの棚で、大会議が行われた。ここは、父さん、僕、継母が住む王宮だ。確かに、台所のあらゆる場所の中で、一番居心地が良い。最も湿度が高く、暗く、追い立てられることもあまりなかった。

僕と義理の弟たちは、ステージ上で猛烈に語る父さんを見ていた。

「これは、ひどすぎる！」怒りに満ちた叫びだった。「ペトルック、他の者にも話してやりなさい！」と、王宮秘書兼プライベート・アシスタントであるペトルックに命令が下った。

ペトルックは咳払いをして、こう続けた。「今朝、我々国民の一匹である…ララ・ピタが、大惨事に見舞われました」ペトルックの声は震え、深い哀悼の意を表していた。

民衆たちは、すぐに騒がしくなった。僕も驚いて飛び上がった。ララ・ピタは、可愛らしいアルビノのチョロで、年はだいたい僕と同じくらいだった。そして、何十匹もの雄チョロが、ピタと結婚するために競い合っていることは、周知の事実であった。サラに出会う前には、僕も少し惹かれたことがある。

「どうして彼女が死ななきゃならないんだ⁉」と、ピタの大ファンであるコモが叫んだ。

ペトルックは話し出すのも辛そうだったが、自身を奮い立たせた。「あの子どもです…ダフィッドです。あの子がピタを捕まえた。ダフィッドは、すぐにピタを殺しはしませんでし…櫛で捕らえられ、その後…二つの触角を、むっ、結ばれて…そ、そして…」ペトルックは、一度喋るのを止めて、心を落ち着かせなければならなかった。

恐ろしさで、皆、一瞬で凍り付いた。触角を結ばれただって？ チョロにとってそれは、あの世の拷問と同じだ。そんな拷問を受けるくらいなら、踏まれるか、殺虫剤をかけられる方が百倍ましだ。

「ピタは本当に苦しんだようであります。我々何名かがすでに息絶えたピタを発見しましたが、もう遅かった…蟻の群れが行列をなして行きました…」ペトルックが息を詰まらせた。

そのとき僕は、ダフィッドを、そんな風にピタの命を奪った冷酷さを、心から憎んだ。さらなる不幸は、あの可愛いチョロが、卑しい蟻たちの餌になって終わってしまったことである。

国民らは、騒然となった。夫人たちは、互いに抱き合って、すすり泣いた。若者たちは、ダフィッドがくたばるまで這いまわり、腫れあがるまで小便をかけてやろうと、ありとあらゆる罵りの言葉で、徹底的にダフィッドを呪った。

父さんは、必死に何か考えているようだった。やがて立ち上がり、宣言した。「今から、昼時間を施行する！」その声は大きく、皆閉口した。

「夕方六時前に出歩くチョロがあってはならぬ。サラを脅かすために、いたずらに姿を晒してはならぬ。私が復讐の方法を思いつくまで、皆、身を隠していなさい！」

その後ほどなくして、会議は終了した。王宮には、暗くどんよりとした空気が漂っていた。僕は、父さんを見るのが怖かった。こういうときにはいつも、恐ろしい森チョロの一面が垣間見えた。父さんはうろうろと動き回り、時々立派な羽を開いては、壁から壁へと飛んだ。僕はできるだけ姿を見せないように、フライパンや鍋の裏に隠れていた。僕のサラに対する恋愛問題は、父さんをますます殺気立たせてしまうと思ったからだ。

2.

王宮は、さらに恐ろしい事態に見舞われた。

実施されていた昼時間は、我々が期待するほど効果がないことが判明し、ハルヤント一家による国民に対する狩りは、昼夜を問わず、容赦なく行われた。

これまでは、我々の中でも注意力が散漫な一部の者だけが捕まっていた。しかし、今では、同胞が住む棚はめちゃくちゃにされ、皆、恋愛真っ只中のカリマンタン・アロワナのつがいの腹の中で一生を終えていった。

この事態は、皆の中で大きなクエスチョン・マークとなり、ついに僕は、ハルヤント夫妻が家庭問題を話し合う、ハルヤント氏の書斎に接近すべく、勇気を振り絞った。

どうやら、家計の問題を抱えているらしく、アロワナ費を含めた家計全体に関する話し合いが行われていた。

「毎日ムカデをあげたら、いったいいくらの出費になるか考えて下さいよ。ムカデ一匹で五百ルピアよ！　蛙も高いし。小魚にはもう飽きた。しかもアロワナは二匹もいる！　一か月のアロワナの食費だけで、サラのおやつと同額ですよ」ハルヤント夫人が主張した。「あなた、アロワナは、もう売ってしまいましょう…」

ハルヤント氏は、強く反対した。「わたしはあのアロワナが大好きなんだ。君だって知ってるだろう、小さいときから飼っているんだよ。どんな方法を使ってでも、腹を空かせてはならぬ！　暫くは、チョロでもやっておこう」

「まったくあなたは、チョロの一体どこに栄養があるって言うの！　汚いし。し・か・も、お腹を空かせたアロワナのために、一体何十匹捕まえなきゃならないの。毎日台所でチョロを探すなんて気持ち悪い」ハルヤント夫人は不機嫌にそう言った。

「イパーか、ダフィッドに探させればいいじゃないか。とにかくアロワナを売ってはいかん！」ハルヤント氏が警告した。

これまでの殺戮ミステリーの答えが明らかになった。

大至急、僕はコソコソと台所へ向かい、この情報をペトルックへ伝えると、ペトルックは直ちに父さんに報告しに行った。

僕らの予想に反し、父さんはさらに怒りを募らせた。「なんだと！　人間は、我々チョロを安物だと思っているのか⁉」速攻で、そう叫んだ。「あのバカな魚たちの腹を満たすためだけなら、なぜ同じく脳みそがない排水溝チョロを選ばないのだ。我々は文化的で文明化した種族である。我々の生命は、単なる魚の餌以上に尊重されるべき価値がある」大きな体をますます膨らませ、こう続けた。「我々は、他のチョロとは違うということを証明してやろうじゃないか！」

不意に、父さんが僕の名を叫ぶのが聞こえた。「リコーーーーーー！」

僕の体は一瞬にしてこわばった。けれども、自分を奮い立たせ、少しずつ顔を上げた。絶対に父さんは、またあの話を蒸し返すに違いない。やはり、そうだった。

「お前は…お前の脳みそも排水溝にあるんだろう！　トイレチョロとそっくりだ！　どうし

たら、あの殺人者である人間に夢中になれるって言うんだ…」

「彼女は殺人者なんかじゃない！　まだ一匹のチョロだって傷つけたことはないよ！」僕は思わず否定した。この勇気は一体どの鍋から出たのだろう？　僕は、王であるハンターに、精一杯刃向かった。

「まだあの娘を擁護する度胸があるのだな。確かに直接やってはいないが、この家の人間が、あの娘のために、何百回我々を殺したと思う？『きゃーきゃー、助けて助けて』としか言えない甘ったれだ。あいつは、我々を悪魔とでも思っているんだろう。」

擁護の言葉が、次々と、今にも口から飛び出てきそうだった。しかし、継母が僕に、反抗しないようサインを送っているのが見えた。

「お前はその盲目の愛について考えるより、やがてお前の手にわたる国民の運命について考えろ。お前の国民を、魚やこれから生まれる稚魚の餌にしたり、我々国民をぶっ潰すような真似はするな！」叫びはメラメラと燃え上がり、ナショナリズム精神に焼け焦げた。父さんのこんな話を聞くたび、僕は疲れた。

「スプーンを探して、あそこに鏡を作れ！」父さんがまた怒鳴った。「自分を見てみろ。

我々はチョロだ！　人間の目に映る我々は、永遠に、黒くて、小さくて、不細工で、臭い！」

この言葉には、ぴしゃりと引っ叩かれた。

「もしお前の意見も同じだというのなら、お前はインチキチョロだ。お前は呪われてチョロになった人間の子どもなのかもしれない。しかし、もしお前が自分の姿を、強くて、格好良くて、意味を持つ生物として見れるのならば…それでやっとお前は真のチョロだ。そして、私の跡継ぎとして相応しい」父さんの声は小さくなり、口ごもった。涙を堪えているようだった。

突然、悲しくなった。父さんがこれほどまでに失望していることを、僕は今初めて聞いた。遠ざかっていく父さんの姿を見ることができなかった。でも僕は、父さんが言った、「黒くて、小さくて、不細工で、臭い」…という言葉に引っ叩かれた痛みをまだ感じていた。僕はゆっくりとピカピカの鍋の蓋へとにじり寄り、そこで自分の姿を見た。

父さんの言葉が正しいことに気づいたとき、僕は泣きわめきたくなった。僕が見たのは、格好良くて、強い生物ではなかった。そこにいたのは、黒くて、小さくて、不細工で、臭い、という長々とした不満を漏らす、ただの平べったい虫だった。

＊

僕らの王国は、すっかり変わり果ててしまった。この惨事は、すでにピークに達していた。人口は、ほぼ三分の一にまで減少した。通りはますます静まり返り、家々は閑散としていた。夜中の宴会パーティーはなくなり、噂好きのおばさんたちによる井戸端会議もなければ、小さなチョロたちが自由に遊び回ることもなくなった。

僕の日常は、悲嘆に暮れるものとなった。僕は、以前ほど自由にサラを見ることはできなくなった。狂気的ではあるが、それによって、むしろ僕の愛と希望はさらに深まり、僕は、人間に変身するという馬鹿げた夢を見るまでになっていた。

ある日の昼、この狂った夢から目覚めると、何匹かのチョロが話しているのに気づいた。

「閣下、それは非常に素晴らしいお考えでございます。しかし、成功するのでしょうか？人間たちが理解することはできるのでしょうか？」

「私を信じなさい、ペトルック。これは、奴らに報復することができる唯一の方法だ」

「しかし、どんな方法で彼とコミュニケーションを取るのです？」

「彼の動作は把握済みだ。少しばかり奇妙だとしても、我々種族との類似点は多いというのが、私の見解だ。コミュニケーションは可能だと確信している」

僕はすぐに分かった。父さんとペトルックの声だ。そこに雌チョロの声が入ってきた。僕の継母フィノリア、親しみを込めた呼び方をするならば、マミー・フィンだ。

「ハンター、それは間違っていると思います」優しい口調で、話し始めた。「なぜあなたがそんなに愚かなことを考えるのか、理解できません。我々のルールは、彼らのルールとは違います。我々は、誰に対しても復讐などする必要はありません。強い者が勝つのは、疑う余地のないことです。我々のような虫を、人間という賢い生物と比較する意味が果たしてあるのでしょうか」

父さんは強く断言した。「一体いつまでこんな扱いを受けなくてはならないのか？ 一体いつまでこんな風に駆除される腐った生き物として、我々の精神を辛抱させなくてはならないのか？ 君は、仲間が進歩するのを見たくはないのかね？ チョロは、人間より先に地球上に存在していたし、たとえ人間が絶滅したとしても、我々は生き残り続ける！ とすると、より強いのはどっちだ？」

マミー・フィンは顔をそらした。「あなたは、テレビと過ごした時間が長すぎたのね」と不愛想に言った。「自分の子どもには真のチョロになれと教えているくせに、あなたの考えはもう人間と同じだわ」

父さんは爆発しそうだったが、マミー・フィンへの敬意をもって押し黙っていた。ペトルックに注意を振り向け、「我々は引き続き計画を進めるぞ…」と言った。

当然ながらペトルックは、それに従った。ペトルックは、何よりもハンターのことを敬っているのだ。

「明日、彼に会おう」父さんは毅然と言った。「私が直接話そう。一緒に付いてくるよう、強い者を何名か用意しておいてくれ。いずれにせよ、我々が彼のことを本当に理解するまでは、危険だと思っておいた方が良いだろう…」

二人の話はまだ続いていたが、歩きながら宮殿を出ていったので、僕はそれ以上話を聞き取ることができなかった。ハッキリしていることは、その計画は壮大で…危険だということだった。

3.

僕は、カーテンの裏から、ぐっすりと眠るサラを夢中で見ていた。この部屋までの道のりはとても危険なので、僕はここを訪れるたびに、二本の触角をきちんと隠した。

サラの部屋には、僕らをフラフラにさせる電気式の蚊取りが備えてあったが、さらに恐ろしいのはチョロ専用の罠だった。サラの家族が、僕らを追うために夜中に呼び出される面倒がないよう、あの死刑場を故意に置いたのだ。

突然、ナタリアが入ってきて、そこらじゅうをひっくり返し、引っ掻き回した。

「何を探してるの？」と、先ほどからナタリアに付いてきていたダフィッドが言った。

「大学の実験の試作品よ。作ったのは、生物学のちょっと気がおかしい教授なの」ナタリアは、人差し指を額で斜めにして見せた。十五分程探しても見つからず、ナタリアは真っ青になった。

「何の実験？」耐えきれなくなったダフィッドが口を挟んだ。

ナタリアはまだ眠っているサラをちらりと見た。「サラがいるから、後でね。サラに聞かれると困るわ」

「サラは眠ってるじゃないか。言わないんだったら、探すの手伝ってあげないから」とダフィッドが脅した。

躊躇しつつ、ナタリアがゆっくりと話し始めた。僕は、ダフィッドの目が見開くのを見て、ブーツに踏み潰されたような気持ちになった。僕は高速で宮殿へ戻って、身を潜めた。そして、どうやら…一番最後にそのことを知ったのは、僕だった。

*

今、宮殿の一室に、奇妙な生物が一匹いることは、すでに全国民が知っていた。僕は情報を集めて回ったが、出回っている情報は錯綜していた。

「彼は本当に大ぉきくて、恐ろしい！　女王蟻のような形をしているけど、もっと怖い！」

「あの生物は、のっそりとしたバッタのようで、見た目は馬鹿そうだ」

「竜だ。うん。間違えない、竜だ」

無謀にも、僕は父さんに会うため、宮殿の警備を突破した。そして、今まで見たものの中で最も奇妙な姿をした者に直面したとき、僕の歩みは緊急停止した。

その生物は、甲虫とバッタと…そしてチョロを、掛け合わせたような感じだった。色は光沢のない黒で、触角は短くて太い、羽は小さいのでほとんど見えないほどだ。しかし気味が悪いのは、おかしな体の姿勢だった。体は父さんと同じくらいの大きさなのだが、人間が座るときのような姿勢を取っているのだ！ 背中は、三日月のような弧を描いている。座位を支える脚は少なくて弱いので、彼の動きは非常にのろかった。むしろほとんど動かなかった。他の脚は、ただただ上を向いているばかりで、何も機能していないようだった。

確かに彼は、馬鹿で大きなモンスターのように見えたが、僕が何も言えなくなるような恐ろしさを一つ持ち合わせていた。短い触角の下には、鋭くキラリと光る大きな二つのハサミがあるのだ！ これなのだろうか…これなのだろうか、さっきダフィッドとナタリアが話していたのは。

父さんは、このモンスターを間近にしても、少しも怖気づく様子がなかった。それどころか父さんは、僕に彼を紹介してくれた。

「さあ、リコ。紹介しよう、彼はまだ我々の身内の範疇だ…アブスルド氏*だ！」アブスルド氏は、うがいをしているかのようなうめき声で、途切れ途切れに言った。

「ぐぉぉぉぉぉぉぉぉう…じぃぃぃぃぃぃぃ、ざぁぁぁぁぁぁ、ばぁぁぁぁぁぁぁ…」

「王子様、と仰っている。」父が誇らしげに通訳した。あたかも父さんは、この並外れた言語を勉強したことがあるかのようだった。

僕はじっと彼を見つめた。「父さんは何をしようとしているの？」

父さんはフッと笑った。「このアブスルド氏は、残忍な人間どもに復讐するため、我々に協力して下さるのだ」そう言って、父さんはどうやらクッションのように柔らかいらしいアブスルド氏の体をポンと叩いた。「人生長くはない。だからこそ彼は、残りの人生を有効に使うことを望んでいる」

アブスルド氏は、大声で笑いながら、ゆっくりと何度も頷いた。「へぇぇぇ…へぇぇぇ…、へぇぇぇ…」

僕は、吐き気と哀れみの狭間で、彼をじっと見つめていた。しかし、彼の不運な話を聞いてからは、可哀想だという感情が湧いてきた。

［訳注］＊原文ではAbsurdoであり、英語のabsurd（不条理な、の意）に由来する。

アブスルド氏は、失敗というか、むしろ危険な種族となり、研究所から捨てられた実験台だった。

元々は森チョロだったのだが、甲虫とバッタを掛け合わせるために使われたのだ。体の構造には、やはりいくつか欠点があるのだが、特に足は弱かった。しかし致命的なエラーは、毒を持つ大きな二つのハサミに現れた。そして、天を仰ぐような体勢を作り出す節の構造のせいで、コントロールの効かないこのハサミは、さらに危険なものとなっていた。

アブスルド氏は、知ったかぶりのナタリアが、ビニール袋に入れて運んで来たのだが、不意に袋ごと台所へと落ちた。そして、イパーおばさんの箒に引きずり込まれ、ごみ箱付近までやって来た。

ビニール袋が破れるまで鋭いハサミを擦り合わせ、ついには、やっとの思いで脱出した。その後、数名の国民が彼を見かけ、父さんへ報告したという訳だ。

当初、僕はアブスルド氏のことをあまり信用していなかったのだが、やがて僕は、彼は恐ろしい見かけとは裏腹に、誠実な心の持ち主だということに気が付いた。

僕は、夜になると、よく彼とお喋りした。何を言っているのか理解するのには、強い忍耐力が必要ではあったが。

「アブスルドおじさん…」

「あぁぁ、リィィイコォオオ…」

「おじさんには危険なハサミがあるのに、どうしておじさんを見つけたチョロたちを襲おうとしなかったの？　おじさんは、どうやって相手が敵か味方か判断するの？　僕たちは、同種ではなくて、どちらかというと遠い種類ではないの？」

アブスルド氏は、大声で笑った。「ぞのぉぉぉ、どおりだぁぁぁ。でぇぇもぉぉ…」そして、どもりながら、僕がさらに同情することとなる、こんなことを説明してくれた。

アブスルド氏は、彼と同様にモンスター化された友達が、毒が外に飛び出すよう強い刺激を与えられて、そのハサミを強制的に使わされるのを目の当たりにしたらしい。外に出される毒とは自らの体内にある全体液であり、そんなことをしたらアブスルド氏は確実に死ぬということを知り、僕の心はどれほど痛んだだろう。

「その毒って、すごく危険なの？」

彼は、首を横に振った。「ぞぉぉおうでも、なぁいぃぃぃぃぃぃぃ」毒は、獲物を麻痺させるための毒に過ぎず、獲物は動けなくなるのだが、人間にとっては、皮膚に火傷のような感覚があり、筋肉がこわばる程度のものらしい。その人がとても痛がることは確実だ、と説明してくれた。

僕は、黙り込んだ。僕は父さんの計画がどんなものなのか、今、理解した。「それで、おじさんは、僕の父さんのために、それを実行するつもりなの？」

アブスルド氏は、また首を横に振り、微笑んでいるように見えた。「ぢがうぅぅぅ、じぶんのためだぁぁぁぁ…」

心にジーンときた。アブスルド氏には、同族の友達がいなかったし、生態系に馴染むことができない体の状況にこれ以上苦しめられるのは、耐えられなかったのだ。

「おじさんは、誰を刺すつもり？」

「ダァァァフィィィイイッドォォ…」

4.

全国民が待ちかねた日が、ついに来た。夜明け前、友達である蟻グループの助けを得て、アブスルド氏を、いつも半開きになっているダフィッドの勉強机の引き出しに移動した。

すべての準備が整うと、父さんは、戦いの英雄に、最後の挨拶をした。「アブスルドよ、この限りなく大きな犠牲に対して、台所チョロ王国を代表して礼を言う」父さんは、真剣な様子でそう言った。

アブスルド氏は、哀れみを誘う笑顔を浮かべて頷くと、弱々しく小さな脚を振った。

「リィィィコォォォ」と僕を呼んだ。

「アブスルドおじさん」僕は悲しみを堪えて、声を詰まらせた。僕は、純朴なバッタ顔を見つめ、振っている脚を掴もうと、触角を伸ばした。彼は嬉しそうに僕の触角を受け入れ、人懐こい顔は少し明るくなった。僕は、もうここにいてはいけないようだ。祭列の場所を後にするマミー・フィンの後を追いかけた。

「ハンターは何を考えているの？　こんなことをしても無駄だと分からないのかしら？」と継母がぼやいた。

「なぜ、そう思うの？」

「彼は、人間がこの行為の意味を理解すると考えているけど、こんなことをしたら我々はさらに敵対視され、駆除されるだけだわ。しかも、子どもが怪我をしたとなったら、なおさら。我々は復讐する必要などないと言っても、ハンターは聞いてくれない。アロワナ、私たち、ハルヤント家族…、生物にはそれぞれ、自分自身の役割があるの。それなのに、なぜ戦いを起こさなくてはならないの?」マミー・フィンは、さらに深くうなだれた。「こんなことをしても、悲しみを招くだけだわ、リコ」

＊

一方、他の者たちは、この歴史的な事件を一目見ようと、準備に追われていた。僕はサラの部屋に行くことにした。いつものように、カーテンの裏に隠れた。今日は、本当に、すごく特別な日だからだ。

サラは十五歳の誕生日を迎えた。今朝のサラは、とても可愛い。今晩行われる小さなパーティーのため、白いドレスを着て、チェックに余念がない。

「ママの娘はお姫様みたいに可愛いわ」通りすがりに、ドアの前でハルヤント夫人がそう言った。

サラは笑った。母親が行ってしまうと、サラは鏡の中の自分に話しかけた。「これでお姫様って言われちゃうの？」

サラは謙虚なのだ。僕は「百パーセント、ハルヤント夫人に賛成だ」と、どれほど叫びたかったことか。サラは、本物のお姫様だった。世界一かわいい！　そして僕は…、王子様だ！　僕がチョロのリコ王子だ！

危うく、僕は制御不能となり、姿を現してしまうところだった。ちらりと、僕の影が鏡に映った。チョロのリコの影が。黒くて、小さくて、不細工で、臭い、虫の王子だ。サラが着ているドレスのように白く清潔になるなんてできっこないけれど、お似合いのカップルになれるくらいハンサムになれれば十分だ。僕は、親を悩ませるだけのバカげた夢で一杯の頭を持ち、この家で最も汚い場所に住んでいる、触角が生えたただの生物だ。

サラがびっくりしているのが見えた。自分の羽の振動でカーテンが擦れる音を聞いて、同じく僕もびっくりした。どうやら僕の羽は大人になりかけていて、そろそろ父さんのように飛べるようになるらしい。

サラは怖がって、急いで出て行った。「ダフィッド…、イパおばさん…、リア姉さん…、ママ…」サラはすぐに援軍を呼んだ。サラを驚かせてしまって、僕はどれほど後悔しただろう。僕は壁のケーブル線をつたって、静かにサラを追った。

「ダフィッド…ダフィッド！ 助けて！ 私の部屋にチョロがいるの！」サラは兄の体を揺すった。

ダフィッドは飛び起きた。「本当にチョロ？」深刻そうに、そう尋ねた。

ナタリアも勢いよく入ってきて、緊張した様子で、「チョロ？ どんなチョロ？」と訊いた。

サラは、疑いが入り交ざった混乱の眼差しで二人を見つめていた。「どんなって、私たちが知ってるチョロ以外に一体どんなチョロがいるって言うのよ？」

「サラ、あなたが見たチョロの色はどんなだったたか、思い出してみて。触角は長かった？ 短かった？ あと、体も変じゃなかった？」ナタリアは、できるだけ落ち着いて質問しようとしていたが、サラはますます恐怖に震えた。

「ハサミはあった？」ダフィッドが付け加えた。

「ハサミ⁉」サラは、二人の姉兄が言っている生物がどれほど恐ろしいものなのか、もはや想像することもできなかった。まるで凍えた人のように、全身が震えていた。

「あったの？　なかったの？」

サラは、ただ呆然とダフィッドを見つめることしかできず、頭の中は混乱していた。「分かんない、知らない、分かんなーい！」錯乱した叫びだった。

「よし、一緒に見に行こう！」ダフィッドは立ち上がり、先を急いだ。「サラ、僕の机の引き出しから懐中電灯を持ってきて！」

それを聞いて、僕の全身がざわめいた。ダフィッドの机の引き出しで待ち構えているアブスルド氏にとって、サラのこのパニックは、更なる強い刺激となるだろう。

引き出しの中でアブスルドに付き添っているペトルックは、振動が近づいてくるのを感じ取っていた。「アブスルド、準備して。もうすぐだ…」

サラは探し物をすべく、尋常じゃなく震える指で、その引き出しを引いた。

アブスルドは息を吸った。準備は整った。

僕は、涙で汚してはならないサラの白いドレスと、あの笑顔が痛みに苦しむのを放ってはおけない、と思ったこと以外、何も覚えていない。僕の若い羽は、最速で、動きに動いた。

そして、小さな指よりも早く着陸した。おぉ、アブスルド氏の顔がとても近い。信じられないといった様子で僕を見ている。アブスルド氏は、上品なうめき声を上げた。「おぉぉぉぉじさまぁぁぁぁ…」

アブスルド氏の体は一瞬でしぼんだ。僕の体を引き裂いた二つの強靭なハサミ以外に、意味を成すものは無くなった。僕は、吸収した毒液で体が膨らんでいるのを感じた。痛みもなく、僕はただ彫刻のように固まった。

微かに、サラが悲鳴を上げるのを聞いた。「さっきのチョロは、これよ…これ！！」

ダフィッドは瞬時にゴム草履を引っ掴み、叩いた。その一撃で僕の体の中身が噴き出て、引き出しを汚した。

「あぁ！僕の引き出しが…！」ダフィッドはそう叫び、パニックになった。ダフィッドは箒で僕をかき出すと、また叩く構えを見せた。

「待って！」ナタリアが叫ぶと同時に、ダフィッドの手を阻止した。ナタリアが僕の体を裏返すと、これまで探し回っていた逃亡者…アブスルドの姿が見えた。

ナタリアはゆっくりと悲鳴を上げた。「これが私が話した変異体よ。ってことはこのチョロは…、このチョロは…」

アブスルド氏の毒にどんな超力が含まれていたのかは分からないが、僕の体は崩れ果てているのに、全く痛みを感じなかったことは確かだ。そして、崩れた僕の体から毒の一部が外に出たので、僕は徐々に自分の脚の感覚を取り戻していた…。サラに近づこうと、もう一度脚を動かしてみる…。天使の顔を見つめる…。

「ダフィッド！ チョロまだ生きてる！」

これが、容赦なく何度も叩きつけるダフィッドのゴム草履の下で生涯を閉じる前、僕が最後に聞いたサラの声である。そして、最後に、僕の心は悲鳴を上げ、先祖に、虫の神々に、そこにいる者すべてに祈った…どうか僕の憧れのお姫様に会わせてください。一度だけ。

ナタリアは黙って、茫然としていた。もはや形がない僕の体を見て、目眩がしているようだった。「でも、あのチョロはあなたを守ってくれたのよ、サラ」と囁いた。

しばしの間、部屋は静まり返っていたが、ダフィッドの怒りの声が沈黙を破った。「チョロは、どうしたってチョロだ！ 偶然飛んで、引き出しに入っただけさ。本当についてない。だからあの変異体にぶつかったんだ。死ね！」そう言ってダフィッドは、雑巾を取りに行った。

一方、脱出に成功したペトルックは、慌てふためきながら王宮を目指していた。ペトルックは、父さんと対面するより、ゴム草履で粉々にされる方がマシだと思ったに違いない。

王宮に到着すると、王様であるハンターが、王宮の外を空しそうに眺めているところだった。彼が教えを与え、服従させようとした世界を。

「王様…、我々の王子様は…」すすり泣きながら、ペトルックは何とか話そうとした。しかし、父さんはすべてを目撃していた。

王宮の一室では、マミー・フィンも僕の運命を悲しみ、泣いていた。僕がいつも話していた思い出や夢のすべてを思い、悲しんだ。サラが傷つかないように、たったそれだけのために喜んで命を差し出した、サラに対する僕の愛がどれほど深いものなのか、マミー・フィンには想像もつかなかったのだろう。台所チョロ王国の頂点だって何だって、僕は、喜んですべてを手放そう。

僕は、ふわふわと宙に浮いている。どんな形をしているのかも分からない。僕はもう自分自身に語り掛けることもできない。お願いです、僕を、今、非物質的な次元を漂っている意識のような、願い事のような形のままにしておいてください。時間はない。空間もない。形もない。黒くて、小さくて、不細工で、臭い虫の王子様もいない。

僕は、サラの意識の迷宮へと入り込み、そこへ溶け込んでいった。

＊

「お姉ちゃん…」

僕は微かに、起きたてのナタリアを呼ぶ美しい声を聞いた。

「どうしたの？」ナタリアが不思議そうに言った。

「昨日、お姫様になる夢を見たの」サラが恥ずかしそうに微笑んだ。「私、王子様と会ったのよ。名前は、リコ。それから、お散歩して、ダンスして、王子様が私のほっぺにキスをして、お誕生日おめでとうって言ってくれたの」

ナタリアは、何かが引っ掛かった。リコ…？ 何だか聞いたことのある名前だったが、はっきりと思い出すことができなかった。どうやらサラも同じようだった。

大丈夫。僕は幸せだ。ミッション完了。

意識としての僕の姿も直に終わりを迎える。もうすぐ僕は、サラの意識の迷宮から抜け出すのだ。長い間待ってくれているご先祖様の魂に合流する番だ…、母さん！　僕、母さんを見つけて、木製テーブルの中で過ごした、母さんのいない小さな頃のことを話してあげるからね。

【訳者プロフィール】

●監　訳

福武 慎太郎（ふくたけ・しんたろう）

上智大学総合グローバル学部教授。

上智大学大学院外国語学研究科地域研究専攻博士後期課程満期退学。博士（地域研究）。

名古屋市立大学専任講師、上智大学外国語学部准教授を経て現職。

専門は人類学、東南アジア地域研究（特に東ティモール、インドネシア）。

主著に、『グローバル支援の人類学―変貌するNGO・市民活動の現場から』（共著、昭和堂、2017年）、『平和の人類学』（共著、法律文化社、2014年）など、訳書に、アンドレア・ヒラタ『虹の少年たち』（加藤ひろあきとの共訳、サンマーク出版、2013年）がある。

●共　訳

西野 恵子（にしの・けいこ）

上智大学インドネシア語非常勤講師。

東京外国語大学東南アジア課程インドネシア語専攻卒。

在学中にガジャマダ大学文化研究学部へ留学。

現在はフリーランスのインドネシア語通訳・翻訳者として、主に産業分野での翻訳を行う。

加藤 ひろあき（かとう・ひろあき）

よしもとクレアティフインドネシア所属ミュージシャン・タレント・俳優・翻訳家。

東京外国語大学東南アジア課程インドネシア語専攻卒。同大学院にて地域文化研究科博士前期課程、言語文化専攻言語・情報学研究コース修士号取得。

桜美林大学、上智大学でのインドネシア語非常勤講師を経て、現在はジャカルタに移住し芸能活動を行う。

2017年に 1st アルバム「HIROAKI KATO」をリリースし、2018年インドネシアで行われたアジア競技大会ジャカルタ・パレンバンにて大会公式テーマソングの日本語訳詞と歌唱を担当。

訳書にアンドレア・ヒラタ『虹の少年たち』（福武慎太郎との共訳、サンマーク出版、2013年）がある。

ホームページ：http://hiroakikato.com/

インドネシア現代文学選集 1
珈琲の哲学
――ディー・レスタリ短編集 1995-2005

2019年5月10日　第1版第1刷発行
2021年1月20日　　　　第2刷発行

監　訳：福　武　慎太郎
訳　　：西　野　恵　子
　　　：加　藤　ひろあき
発行者　佐久間　　　勤
発　行　Sophia University Press
　　　　上　智　大　学　出　版

〒102-8554　東京都千代田区紀尾井町 7-1
URL：http://www.sophia.ac.jp/

制作・発売　㈱ぎょうせい

〒136-8575　東京都江東区新木場 1-18-11
URL：https://gyosei.jp
フリーコール　0120-953-431
〈検印省略〉

印刷・製本　ぎょうせいデジタル㈱
ISBN 978-4-324-10606-8
(5300285-00-000)
[略号：(上智) 珈琲の哲学]

Sophia University Press

上智大学は、その基本理念の一つとして、
「本学は、その特色を活かして、キリスト教とその文化を研究する機会を提供する。これと同時に、思想の多様性を認め、各種の思想の学問的研究を奨励する」と謳っている。

大学は、この学問的成果を学術書として発表する「独自の場」を保有することが望まれる。どのような学問的成果を世に発信しうるかは、その大学の学問的水準・評価と深く関わりを持つ。

上智大学は、(1) 高度な水準にある学術書、(2) キリスト教ヒューマニズムに関連する優れた作品、(3) 啓蒙的問題提起の書、(4) 学問研究への導入となる特色ある教科書等、個人の研究のみならず、共同の研究成果を刊行することによって、文化の創造に寄与し、大学の発展とその歴史に貢献する。

Sophia University Press

One of the fundamental ideals of Sophia University is "to embody the university's special characteristics by offering opportunities to study Christianity and Christian culture. At the same time, recognizing the diversity of thought, the university encourages academic research on a wide variety of world views."

The Sophia University Press was established to provide an independent base for the publication of scholarly research. The publications of our press are a guide to the level of research at Sophia, and one of the factors in the public evaluation of our activities.

Sophia University Press publishes books that (1) meet high academic standards; (2) are related to our university's founding spirit of Christian humanism; (3) are on important issues of interest to a broad general public; and (4) textbooks and introductions to the various academic disciplines. We publish works by individual scholars as well as the results of collaborative research projects that contribute to general cultural development and the advancement of the university.

Dee Lestari

FILOSOFI KOPI : Kumpulan Cerita Dan Prosa Satu Dekade

published by

Sophia University Press

production & sales agency : GYOSEI Corporation, Tokyo

ISBN978-4-324-10606-8

order : https://gyosei.jp